百年艺林本事

万君超　著

中华书局

图书在版编目(CIP)数据

百年艺林本事/万君超著. —北京:中华书局,2014.7
(2015.7 重印)
ISBN 978 - 7 - 101 - 10059 - 4

Ⅰ.百… Ⅱ.万… Ⅲ.散文集 - 中国 - 当代 Ⅳ.I267

中国版本图书馆 CIP 数据核字(2014)第 057530 号

书　　名	百年艺林本事
著　　者	万君超
责任编辑	胡正娟
出版发行	中华书局
	(北京市丰台区太平桥西里 38 号　100073)
	http://www.zhbc.com.cn
	E-mail:zhbc@zhbc.com.cn
印　　刷	北京瑞古冠中印刷厂
版　　次	2014 年 7 月北京第 1 版
	2015 年 7 月北京第 2 次印刷
规　　格	开本/787×1092 毫米　1/32
	印张 9⅜　插页 2　字数 130 千字
印　　数	4001 - 7000 册
国际书号	ISBN 978 - 7 - 101 - 10059 - 4
定　　价	35.00 元

目　录

梅景书屋纪事

叶恭绰

　　叶恭绰比吴湖帆年长十三岁,但两人逝世的日子仅相差五天。从叶、吴两人的年龄、习性和个人经历等方面来看,应该是不太可能会发生"交集"的。但由于两人对书画、词学、古籍和鉴藏的共同爱好,使他们后来成了亦师亦友、相惜相知的终生至交。叶、吴两人定交于1928年秋天,叶恭绰在《佞宋词痕序》(1953年)中有云:"嗣于一九二八年秋南下居沪,始识吴君湖帆。吴君工书画,多艺能,与贤配潘静淑女士伉俪相庄,倡随文史,侔于赵、管。一日,以所藏宋刊《梅花喜神谱》属题,始为赋《疏影》词一阕。"由此可知两人文词翰墨定交之缘。

叶恭绰与吴湖帆两人平生交谊主要是体现在书画鉴藏方面。关于此方面的具体情况,在吴湖帆《丑簃日记》《吴湖帆文稿》,中国美术学院出版社2004年)和何闻辑《叶恭绰致吴湖帆尺牍》(《新美术》2000年和2001年)中均有较详细的记载。叶、吴两人都是书画家,但相对而言,叶书深画浅,而吴画深书浅。两人都是民国时期著名的鉴藏家,可谓一时瑜亮。就总体而言,吴湖帆的鉴赏眼力要比叶恭绰稍胜一筹。

　　叶、吴两人均收藏有一件米芾的《多景楼诗帖》,此即所谓的"双胞胎"。叶藏本著录于他的《遐庵清秘录》卷一,今在美国旧金山亚洲艺术博物馆;吴藏本著录于他的《吴氏书画记》卷一,今在上海博物馆。叶藏本的尺寸略比吴藏本大,叶藏本约为十一页,吴藏本约为十二页。诗册上的鉴藏印和位置几乎相同,宋人何执中、平显二跋文字也相同。像这样两件从墨迹上几乎无法鉴别真伪的作品,则要看其中哪一件流传的历史清晰。吴藏本是清末民初常熟收藏家邵松年(1848—1924)旧藏,并著录于邵氏《古缘萃录》中。在成亲王永瑆之后，咸丰年间曾先后为多智友、徐寿蘅等人递藏，后归邵氏兰雪斋收藏。

叶恭绰在《纪书画绝句》中的《北宋多景楼诗帖册纸本》一诗下有自注云："帖经秦桧及熹旧藏，可与《天水冰山录》中物同观，书法劲秀而不犷，大三寸许，与《虹县帖》相仿，余得此已二十余载，闻邵某家亦有此帖，且诋余者为伪。余求得其摄影对勘，则笔势蹇乱，迥非一手。"（《矩园余墨》）叶恭绰认为邵松年所藏本为伪，而自己所藏本为真。

邵氏旧藏《多景楼诗册》后归吴湖帆收藏，叶恭绰在册后题跋中云："米氏此书与《虹县诗帖》同称剧迹，曩藏虞山邵氏，今归湖帆，可称得所。《虹县诗》则在周湘云所，与《向太后挽词》并峙。近日佳书画颇聚沪滨，亦时局使然也。"叶在上述题跋中虽然并没有明言吴湖帆所藏《多景楼诗册》是真迹，但已有明显的"英雄气短"之意，只是在面子上仍不肯承认自己所藏可能是伪迹。因为邵氏后人邵福瀛曾在题跋中讥讽叶藏本是"所谓叶公之龙也"。徐邦达先生在《古书画过眼要录》中鉴定吴藏本曰："以书体论，矫健老横，应是晚年之笔。"又云"为元符以后书无疑"。其实，叶、吴两人所藏本，极有可能均为临摹本。但吴藏本明显优胜于叶藏本，即所谓的"下真迹一等"。即使同是临摹本，吴藏本的年代或可到明末清初，而叶藏本的年代则仅到嘉庆年间。叶恭绰在鉴定古书画时经常看不准，所以他往往会请吴湖帆代为"掌眼"。这也可以从《叶恭绰致吴湖帆尺牍》中窥知一二。

吴湖帆收藏有一幅元人王蒙的《松窗读易图卷》（今藏浙江省博物馆），设色纸本，引首有明人周天球篆书题"文苑二绝"四字。图上王蒙款下钤有小印"天昇"，吴湖帆认为"可补王氏小传之阙"，并认为此图是"妙品也"。但这是一件有真伪争议之作。后来被国家文物局"七人鉴定小组"一致定为"资料"，也有人定为明人之作。据说当年吴湖帆购藏此图卷时，也颇为犹豫。后经叶恭绰劝说方决定购藏。叶特意在图后题跋纪之云："此卷纸敝而神完，虽非叔明画之甲观，可称平生合作。湖帆始见此图，踌躇未决，余以珍物难得，力促其成。忆数年前有人以叔明

《林泉清集》大幅求售,余因循未决,遂归沙吒利手,至今悔之。湖帆得此,愿善以金屋贮之也。"(《矩园余墨》)其实,叶恭绰鉴定元画的眼力颇值得商榷,其《遐庵清秘录》中所著录的元画也颇有存疑之作。

20世纪30年代初,张大千在苏州网师园,以宋人牧溪款《睡猿图》册页为蓝本,赝制《睡猿图》轴(今藏美国檀香山艺术博物馆),并署南宋名画家梁楷款。又伪添南宋著名刻书家廖莹中题字:"梁风子《睡猿图》神品。"用木印仿制名家鉴藏印钤于图上,又请周龙苍(周隆昌)做旧。然后暗托古董商携至上海兜售,诡云是从清宗室府中流出,据传当时售价为十两黄金。后此图为吴湖帆收藏,并著录于《吴氏书画记》中。

归藏后,吴湖帆即请叶恭绰为此图作长跋:"梁风子画传世极稀,故宫所藏《右军书扇图》小幅已为仅见之品。去冬得观此《睡猿图》于吴氏梅景书屋,纸莹如玉,墨黝如漆,光采竦异,精妙入神。昔为廖氏世彩堂旧藏,药洲题识尤属罕见,若使藏书家见之,尤不知如何颠倒也。因怂恿湖帆付印,以广其

张大千《睡猿图》
（美国檀香山美术馆藏）

传,且使艺林得沾法乳,神而明之,存乎其人。有志之后学,不惊为河汉?"并在诗堂上题大字曰"天下第一梁风子画"。真不知叶恭绰是在怎样的情形之下作此长跋,跋中"故宫所藏《右军书扇图》小幅已为仅见之品",实乃"言不由衷"之语,因为他自己就收藏有梁楷的《布袋和尚图》轴(今藏上海博物馆)。所以吴、叶两人是否真属"走眼",还是另有隐情?但叶恭绰在后来的《矩园余墨》、《遐庵谈艺录》等书中,《睡猿图》跋文均未刊入其中。

1943年,吴湖帆五十岁,梅景书屋众弟子为庆贺其生日而集资印行《梅景画笈》(以下简称《画笈》),《画笈》收入吴湖帆山水、花鸟、竹石精品五十幅。叶恭绰应邀为《画笈》题签,在扉页上题"烟云供养"四大字并作序,叶在序言中有云:"自美艺演进,一可化身千亿,流传之广远,实迈往者。诸君之印此集,湖帆之精神,将与为无穷。"叶恭绰后来还写信给吴湖帆说:"《梅景画笈》印制甚好,舍此等事更无可赏心者。"此《画笈》在当时被誉为画坛"中兴之谱"。

王蒙名作《青卞隐居图》(今藏上海博物馆)在清

末,为收藏家狄学耕收藏,狄学耕逝世后归其子狄平子收藏。在狄平子死后(1941年左右),狄家人想将留存的二十余件书画全部售出,遂委托叶恭绰代理此事,寻找买主。据传此批书画中,除了王蒙《青卞隐居图》、钱选《山居图》(今藏上海博物馆)、吴镇《墨竹图卷》外,还有唐寅、仇英、董其昌等名家书画,开价为二十万元(一说百两黄金)。当时上海许多收藏家和书画商人闻风而动,比如吴湖帆、朱省斋、陈定山等人,而叶恭绰本人也有购买意向。此事后来在陈定山《春申旧闻》、朱省斋《画人画事》两书中均有记载。

吴湖帆非常想收藏《青卞隐居图》,不仅因为它是一幅名作,这其中还有一段掌故。吴湖帆收藏的古代书画名迹,大多寄存在杜月笙上海金城银行的保管柜中,其中包括元人吴镇的《渔父图卷》,保管柜号码为廿七号。而狄平子生前收藏的古代书画亦寄存在金城银行,其中就有《青卞隐居图》和《山居图》,保管柜号码为廿六号,与吴湖帆的保管柜比邻而居。吴湖帆曾在《丑簃日记》中写道:"仲圭(即吴镇)、叔明(即王蒙)于六百年后两杰作居然同在一处,可谓奇遇矣。"

所以当吴湖帆在知道了狄氏家人欲出售《青卞隐居图》的消息之后,因当时开价二十万元,可能他一时没有如此多的资金,就立即与朱朴(后名朱省斋)商量两人"合资"购买此图。朱氏欣然答应,并全权委托吴湖帆具体操作此事。但在数天后,吴湖帆却对朱说:"叶恭绰特请我去商谈关于《青卞隐居图》之事。因叶先生自己也想购买此图,并且已经与狄氏家人谈得差不多了。如果另有人再加入竞争,恐怕狄家人会奇货可居。所以希望我们能够退出。我们不宜与叶老竞争此事,不如就此罢手,以免引起误会。"吴湖帆最后还问朱氏是否同意,朱氏也只能一笑允之。不料一个月后,吴湖帆忽然忿忿地告诉朱氏,此图已被上海房地产大亨、租界闻人魏廷荣购去,并大怨叶恭绰误了他们的"好梦"。

据陈定山《春申旧闻》一书所记,叶恭绰仅售出一幅《青卞隐居图》就已得画款二十万,就将之交于狄家人。又将其他的作品再以二十万卖给魏廷荣,等于净赚了二十万,另外还"自留"了一幅吴镇的《墨竹图卷》。在《退庵清秘录》一书著录的书画中,确有一件《元吴镇画竹卷》。但因书中未著录有狄氏父子的鉴藏印,故无法确定此图卷是否就是狄平子的旧藏。但我们也应该注意到,陈定山的《春申旧闻》写于20世纪五六十年代的台湾,而在特定的环境和语境下,其中是否会有某些演绎和渲染的成分? 如果此事属实,那吴湖帆知道内情后,真不知他当时会作何感想?

何闻辑《叶恭绰致吴湖帆尺牍》(原件藏上海图书馆),共辑录叶恭绰历年写给吴湖帆书札一百八十五通。吴湖帆曾将之装订成两册,封面题签曰《积玉集》,又题"叶玉甫先生手札附诗笺"。叶恭绰在这批信札中,几乎与吴湖帆无话不谈。涉及内容极其广博,有书画、碑帖、古籍、古董的鉴赏和交易,笔墨纸砚,身体和精神状况,问讯友人消息,还有向吴湖帆金钱借贷等。因这些都是两人之间的私密信件,其中有许多叶恭绰对吴湖帆的真情流露。当吴湖帆身患疾病时,叶恭绰就会在信中详细告知调理和保养的方法;当吴湖帆在精神上遭遇苦闷时,叶恭绰就会以自己的亲身经历对其进行开导和抚慰。

叶恭绰曾写有著名的《后画中九友歌》,赞咏现代画坛九位画家,诗云:"湘潭布衣白石仙,艺得于天人不传,落笔便欲垂千年。(齐白石)新安的派心通玄,驱使水石凌云烟,老来万选同青钱。(黄宾虹)须庵长须时自妍,胶山绢海纷游敀,已吐糟粕忘蹄筌。(夏鉴丞)名公之孙今郑虔,闭关封笔时高眠,望门求者空流涎。(吴湖帆)更有嵩隐冯超然,俾夜作画耘砚田,画佛涌现心头莲。(冯超然)王孙萃锦甘寒毡,子固大涤相后先,上与马夏同周旋。(溥心畬)越园避兵穷益坚,有如空谷馨兰荃,妙技静似珠藏渊。(余越园)三生好梦迷大千,息影高踞青城巅,不数襄阳虹月船。(张大千)昙殊风致疑松圆,日视纸墨宵管弦,世人欲杀谁相怜。(邓诵先)"最后一位邓诵先,即广东画家邓芬(1894—1964)。

叶恭绰当初在写此诗时颇有些顾虑,他在写信向吴湖帆请教时说:"意中人物本不止此,然扩充名额则又不足动人,故去取极费斟酌,梅村同时画家亦本不止此，当时亦仅兴之作耳。在今日作此诗，人将疑为含有评骘之意，易生是非。弟意或再作一首，名为《续画中九友歌》，而将日前所作称为《今画中九友歌》，亦一法也。但再觅七人（连萧、陈而九），亦颇不易。鄙意汤定之可入，如连已故者，则尚有三数人也。君意中尚有何人乎？"萧即萧屋泉，陈即陈定山。但可惜后来叶恭绰并未再作《续画中九友歌》。

1949年前后，叶恭绰应邀北上"参政"、"议政"，吴湖帆则在黄炎培等人的劝说下决定留在国内。叶、吴两人虽各居南北，但仍以书信相互联系。1956年，国务院拟批准在京、沪两地成立中国画院。时任中央文史馆副馆长、文字改革委员会委员，后任北京画院院长的叶恭绰向上海有关方面力荐吴湖帆出任上海画院院长，经"上海中国画院筹备委员会"在首批画师和特约画师中秘密提名测试，亦初步拟定吴湖帆为院长。但最后出任院长的却是丰子恺，而吴湖帆连副院长一职也没有，仅是画院聘请的一名画师。此中的具体实情至今难详，只是传吴湖帆因"家庭成分"（大地主家庭），以及曾与汪精卫、褚民谊、梁鸿志等人有过交往而"落选"。后来随着"反右"等一系列政治运动的开始,叶恭绰和吴湖帆两人均在劫难逃,自顾不暇,一对挚友几乎终止了往来。

1968年8月6日,叶恭绰在北京含恨辞世。五天之后,弥留之际的吴湖帆在医院中自己拔去插于喉头的导管,拒绝治疗,也含恨离世。而在此数天之前,吴湖帆曾为前来探视的外甥和弟子朱梅邨写下两句犹如偈语的绝笔——"情中明事体,理外见天机"。

王季迁

　　王季迁曾经在《吴湖帆先生与我》一文中写道："记得我十四岁那年,便对绘画发生了兴趣。最初给我启蒙的是外舅顾鹤逸(麟士)先生。他本身既是名满三吴的大画家,他的老家也就是以书画收藏著名的过云楼,因此我从小就有机会窥见了若干元明清的名画。等到进了东吴大学,研究绘画的兴趣却愈来愈高。有天,在苏州护龙街一间裱画肆中,偶然见到吴湖帆先生的大作,其画面上笔墨之清润,结构之精妙,顿时吸引了我。当世而有这样高明的大手笔,我不禁心向往之。即向至友潘博山先生打听,他当下表示夙所熟识,便欣然陪我去上海嵩山路拜见了湖帆先生。当时湖帆先生态度极其亲切,他索看了我的习作,便连连点头,认为我的笔路和他有几分相近,即破例地录为弟子,其时吴先生还没有收过学生,我是'开山门'第一个。"师生结缘,冥冥之中似乎前世已定。

在此需对上述文字作一些简单解释。顾鹤逸(1860—1930)是王季迁的"外舅",通常外舅是指岳父,而王夫人名郑元素,故此"外舅"当非岳父之谓。或是表舅?存疑待考。潘博山是吴湖帆夫人潘静淑的堂侄。潘静淑的父亲潘祖年与潘博山的祖父潘祖同是堂兄弟,所以吴湖帆称潘博山为"内侄"。潘博山是著名碑帖古籍收藏家,可惜英年早逝。博山的胞弟即著名版本目录学家潘景郑,潘氏兄弟与吴湖帆交往甚密。

王季迁究竟是在哪一年拜吴湖帆为师?吴湖帆在1924年秋因避兵乱由苏州来上海,借住于嵩山路八十八号楼下,与冯超然对门而居。据《冯超然年谱》(上海书画出版社2007年版)中记载:1925年,吴的外甥(姐姐之子)朱梅邨欲拜其为师,吴当时未允可,而劝朱先拜冯为师。但朱却仍从舅学画,可能当时并未举行正式的拜师仪式。王季迁是在读大学期间拜吴湖帆为师的,他是哪一年入学,后来是毕业还是中途退学,今皆难考。不妨根据有关资料予以推测:王季迁拜师时间约在1926年至1927年间,时年二十岁左右。《中国美术年鉴·1947》(上海社会科学院出版社2008年版)中《梅景书屋同门录》名列第一人是王季迁,第二人是朱梅邨。

王季迁拜吴湖帆为师后,吴并不教他绘画,而是让他赏画。吴湖帆作画和赏画讲究神韵,讲究画家个人的综合素养。神韵和素养从何而来?他曾在《丑簃画说》中云:"多在名画中求之,多在读有用书中求之,亦可在人生观念中求之。"王季迁在文章里也写道:"平日,吾师不教人作画的,只教人看画而已。由于他已成了大名,国内各藏家收到什么名迹,多数会携件来谒请鉴定,他每次看非常仔细周详,有时把它挂在壁上,向我一一指示要点,并共同斟酌。这样我得以追随几席,诚属获益匪浅。"

吴湖帆《丑簃日记》中有零星的王季迁鉴赏记

录。1939年3月中旬，吴湖帆购藏一件元人唐棣（字子华）《雪江渔艇图》真迹。王季迁也购得一件王蒙（字叔明）《林麓幽居图》，后携往梅景书屋请老师鉴赏。一日，沈尹默偕侄子沈迈士来吴邸，指明要鉴赏唐、王二画，因唐、王二人皆吴兴（今浙江湖州）人，是沈的乡贤前辈。《丑簃日记》中记："正在赏唐、王画时，忽王季迁至，叔明画乃季迁新得者，子华此图季迁未见过。一见后大惊余有此画也。因洁净精工俱在山樵（即王蒙）之上，为之羡爱不置。诸客俱相继辞去，余返室时，室内寂静无人，正疑思季迁何去，忽见台前有声，视之，季迁席地，对子华画熟视，可知其爱画入骨髓矣。相与大笑而起。"

有次王季迁想购藏一件王时敏至精山水轴，因索价千金而嫌其贵。他就携此画让吴湖帆鉴赏并定夺。吴见上款是明末清初戏曲家、吴县人袁于令（字箨庵，1592—1674），即将自己收藏的恽寿平《九芝图》交王季迁去出售，得款"以让贴换"。吴湖帆在日记中云："此亦玩古画中雅话。"有次王季迁又收到一件宋人《辋川图》绢本卷，甚旧。吴湖帆鉴为确是宋画,笔法学唐人卢鸿《草堂十志图》,但稍显俗工气息。画上原有李公麟伪款。吴嘱咐王将伪款刮去,尚可当马和之、萧照等人之作观也。

王季迁在《吴湖帆先生与我》一文中说:"至于说到吾师作画的习惯,事实上常常要磨到夜深人静的时候,他老人家才会意兴勃发,不由自己一骨碌地起来铺纸挥洒的,白天就根本不肯动一下笔。"白天的梅景书屋,几乎是一个古书画鉴赏和交易的"沙龙"。名人政要,藏家商贾,人来客往,多如过江之鲫。吴湖帆还要抽鸦片、外出拜访应酬等,所以白天极少有空闲时间作书画。但如一定要说吴湖帆在白天从不作画,或从不当众作画,则似有点讹传。

吴湖帆在1933年《丑簃日记》中,记录了在一个月内为王季迁所画的两件袖珍手卷。一卷为《仿元四家法合作小卷》(2月25日),即仿黄公望、吴镇、钱选、倪云林四家山水。吴湖帆曰:"此法麓台常用之,大约从倪王合璧中参出。初作淡色春景,继以水墨夏景,再以没骨青绿法写红楼白云,转入雪图,亦此意也。"另一卷为《元四家小卷(松雪、房山、舜举、子昭)》(3月16日),即仿赵孟頫、高克恭、钱选、盛懋四家墨笔山水。

2013年年初,上述两件袖珍手卷出现在国内某家拍卖公司的秋拍会上,系征集于王季迁后人。红木画盒内装二小卷,盒面上有冯超然题签"吴湖帆仿元八家山水合璧卷"。二卷引首吴湖帆分别以行书题《千岩万壑》和《溪山环抱》。画心均为14.5厘米×119.5厘米。引首与画心之间均钤"待五百年后人论定"朱文大印。两卷拖尾纸上各有溥儒、冯超然、叶恭绰、庞莱臣、张大千、黄君实等十余家题跋。这几乎可视为吴湖帆特为弟子所画的二卷"课徒稿"。笔墨精彩,古逸绝伦,令人不禁食指大动,叹为观止。

吴湖帆在《溪山环抱》卷拖尾纸上跋云:"昔麓台司农(即王原祁)合仿元四家笔于一卷,此千载创格也。季迁津津道其奇,去岁索画小卷,余乃效司农法写之。司农纯用水墨,余复间以敷色,一览即分为四,细审则仍其一。于画法为不纯,于画趣为有意,不其可与画学论。丘壑位置,本属附庸,当以笔墨为主。笔能使,墨能用,便入上乘。位置颠倒,丘壑虚实,可不问也。子曰:'大象无形,大方无隅。'其何斤斤于大形似谓?癸酉中秋为季迁老弟题。吴湖帆。"此段跋语可视为吴氏经典画论之一,也是他一生对文人画审美趣尚的体现。王季迁后来在评价其中的《千岩万壑图》时说:"妙在他能把四家的笔路,一下子融会贯通,而形成所谓多样的统一。"

吴湖帆对王季迁青睐有加,在《丑簃日记》中时常看到王季迁从梅景书屋借书画或易书画的记录。如:"王季迁来,易陆包山(即陆治)《消夏湾图》卷去。季迁为文恪(即王鏊)后人,此卷当日包山为文恪作也,故归之。"(1933年4月18日)"晚季迁来,出示其夫人郑元素所临花卉卷,雄迈似丈夫气,真巾帼奇才。今年才廿六岁,将来定许未可限量。季迁闻之,亦大得意。又还余王石谷《秋山晓行图》轴,复假董文敏《画禅室小景》册去。"(1937年3月3日)"王季迁携来冬心册属修补(张昌伯物),携去麓台仿大痴设色轴往售,备端(午)节度资也。"(1937年8月)等等,难以一一详录。吴湖帆在日记中曾云:"季迁,余之弟子也;邦达,余之小友也。"(1937年3月11日)

或有可能徐邦达当年并未举办过正式仪式拜吴为师。

王季迁在《吴湖帆先生与我》一文中写道："吾师的性格，外表冲和温雅，带些外圆内方。平日总是满面春风地微笑，意态那么蔼然，对朋友无非是全真挚的情感作用，而不在乎利害关系，从来没有见到他老人家为了金钱的事，而与人作过分毫必较的争执，好像什么都是有话好说。大概是出身望族的他，又兼有一身极深的名士气息，对穷朋友辄不吝作画奉赠，并以此为乐事。"王季迁还将老师与"三吴一冯"中的吴待秋作比较："当时还有位老画师，其作风便与湖帆先生截然不同，笔筒中有量尺，对顾客来纸大小，都要加以丈量，或多了几寸，便要截去，不肯让来客占些小便宜，为世周知，成为画坛笑料。"

但吴湖帆这位"平日总是满面春风地微笑"的老师，某次因一事对王季迁勃然大怒，严斥痛骂。1938年2月23日，吴湖帆在外应酬回家，发现壁上悬挂的一幅倪云林画轴不见了，急忙询问家人，知是王季迁自行取去。他马上打电话让王季迁立即送来。在第二天的日记中记道："午前季迁来,被余大骂一顿。不告取物,索必取归了事。季迁接近浮滑,遇事轻率取巧而不负责任,故迫令取归,以儆其藐视事端也。余素不轻易骂人,且小节不拘,此次因其胆大太妄,故特别训之,然余自恨平日太纵爱之也。"吴湖帆和张大千一样,都是绝不会轻易与人翻脸之人。他或许平时对王季迁过于"纵爱",因而养成了他的某些习气,所以此次狠狠地训诫了这位"开山门"弟子。吴湖帆要让这位得意弟子懂得如何为人处世,亦可谓用心良苦。

　　吴湖帆不仅仅教王季迁鉴画买画,还让其与徐邦达一起参与全国美术展览会、上海市文物展览会、故宫博物院赴伦敦"中国艺术国际展览会"等的评选和审查工作。这让王季迁不仅结识了一批国内外著名的鉴藏家和学者,还鉴赏到了故宫的五千余件传世书画。当年同为故宫赴伦敦展审查委员的陈定山后来回忆当时审查委员会的工作时说:"(庞莱臣)鉴别唐宋,颇有成见,年齿又最高,故偶有异议,先欲折服此老,必列举若干书画著录,而能历数家珍者,始能使之颔首。此事以王季迁、徐邦达为最擅场，二人时皆年少，并出吴湖帆门下，但鉴赏书画则胜其师。"（陈定山《春申旧闻》）而在古书画鉴赏上，想要得到陈定山的认可，绝非易事。但如果没有吴湖帆当年的有意提携，王季迁、徐邦达可能不会有如此机遇进入顶级的鉴定界，更不会有给他们展现自己才华的平台。

有关王季迁与吴湖帆的资料仅在《丑簃日记》中有一些零星的记载。杨凯琳《王季迁读画笔记》一书中说过："吴湖帆为王季迁走上鉴赏之路打开了一扇门。"但究竟如何"打开了一扇门"，缺少相关的具体实例，亦似乎无需予以一一详考。在艺术史研究中，有时某些史实无法求证而带点模糊性，或许更具有研究的魅力和空间。吴湖帆对王季迁在书画鉴藏或创作上的影响是全方位的，而并非拘泥于一招一式的具体细节上，它源自日常生活中的言传身教和潜移默化。

从某种程度上说，吴湖帆是王季迁真正意义上的启蒙之师。当王季迁五十年前在香港知道了吴湖帆生前的一些消息后,遂写下了《吴湖帆先生与我》一文,这可能是王季迁一生中写过的唯一一篇纪念文章:"这次我在香港小住两月,遇见有人从上海来,带来了湖帆先生临终以前的真正消息,令我顿时感慨万千,在此不禁回瞻前尘一下,但'人生朝露,艺术千秋',这两句话是不错的,有生之年,唯有从这方面努力到底。"

陈巨来

　　吴湖帆比陈巨来年长十岁。吴、陈两人定交的具体年月现有两说：戴小京《吴湖帆传略》一书中为"一九二六年端阳节"；陈巨来《安持人物琐忆》中《吴湖帆轶事》一文中为"丙寅五月四日晨十时"。丙寅即 1926 年。端阳节（端午节）应是农历五月初五，故陈氏所记"五月四日"或是农历？而农历与公历相差有一个月。另王萍萍所编《吴湖帆常用印款》中，有一方陈巨来为吴湖帆所刻半白半朱方印"吴湖飒"，印下附注说明"1926 年 9 月启用"。故依据上述资料可大致确定，吴、陈两人定交的具体日期应为 1926 年五月初或六月初，地点是在陈巨来业师赵叔孺的寓所。其中详情，不妨参阅《吴湖帆轶事》一文。

　　陈巨来在《吴湖帆轶事》记述"定交"之事中还说道："湖帆原来所用之印，均为赵古泥、王小侯之作，亦一例废置，且笑谓余曰：'我自己从此不刻了，让你一人了。昔恽南田见王石谷山水后，遂专事花卉。吾学恽也。'终湖帆一世，所用印一百余方，盖完全为余一人所作者（只余被遣淮南后，有'淮海草堂'与'吴带当风'二印为他人所作耳）。"吴湖帆在当时不可能说过上述之话。因为他在1930年12月6日的上海《申报》上，还刊登有《吴湖帆鬻刻印》的润例（王中秀等编著《近现代金石书画家润例》）。而陈氏所谓的"终湖帆一世，所用印一百余方，盖完全为余一人所作者"，实属"信口开河"。吴湖帆在20世纪20年代晚期至40年代初期，所用书画印的确大多为陈巨来所制，但在此前后还有许多著名篆刻家曾为吴氏制印，如方介堪、简琴斋、叶露渊、任书博、吴朴、钱君匋、韩登安等。陈巨来怎么可能会是吴氏书画印的"唯一作者"？郑逸梅先生当年可能也读过《安持人物琐忆》稿本，所以他在《吴湖帆精于鉴赏》一文中曾说："湖帆所用印一百数十方,其中颇多为巨来所刻。"而郑先生的"颇多"与陈氏的"完全",实有天壤之别。

凡是涉及两个人之间的事情,我们不能偏听或仅信其中的一家之言。如果有可能的话,还要去看看另一位当事人的说法。通过两相印证,或许才有可能寻找到某些真相,哪怕仅仅是部分的真相。吴湖帆有一部《丑簃日记》传世,日记的时间从1931年4月至1939年11月。原稿今藏上海图书馆。但非常可惜此是一部"残稿",其中许多的日记已散佚不存。它是一部研究民国年间古书画鉴藏史和交易史的重要文献资料。通过《丑簃日记》,我们也可以大致了解吴、陈两人的交往情况。

从《丑簃日记》中可知,吴湖帆与陈巨来主要是刻印关系。吴湖帆曾借给陈巨来《汪尹子印存》(又名《宝印斋印式》)十二册,共计有清初皖派大家汪关制印二千余方,借期长达七年。陈巨来多年以后在《吴湖帆轶事》一文中也曾感激地谈到此事:"余平生治印,白文工稳一路全从此出,故余与吴氏,相交数十年，中间虽与之有数度嫌隙，渠总自认偏信谗言，吾亦回顾当时恩惠，感情如恒矣。"所以凡吴湖帆后来让陈巨来制印，陈氏多欣然为之，有求必应。但从陈巨来的文章中看，陈为吴制印似乎是"免费"的，其实不然。1933年4月，陈巨来为吴湖帆刻田黄"双修阁"印。九天之后，吴湖帆即"为陈巨来画金扇，仿杨龙友，以答刻'双修阁'印者"。陈巨来先后得到吴湖帆画扇有四五十柄之多，大多是以印易画或"索画"的方式所得。而当时吴湖帆画扇润例是："折扇三十二元。点景、工细、青、绿均加倍。金碧照例一作四计。花卉同例。"（《近现代金石书画家润例》）另还需加磨墨费（书画店佣金）一成。吴湖帆早年的画润不低，一般人根本就买不起。当年张大千曾有一朋友委托他向吴湖帆求一柄画扇，并给张大千三十二元支付画润。但后来张大千去取扇时，吴湖帆却要其再付三十二元，因为所画的是青绿山水。张大千在无奈之下只得自己掏腰包垫付余款而取扇。

从《丑簃日记》中还可知，陈巨来有时还将自己所画的一些小品，比如墨松等，再让吴湖帆为之补画梅石。而吴湖帆对此常用一个"索"字。比如 1937 年 3 月,陈巨来为了庆贺程潜(颂云)寿辰,自画松一枝,再"索"吴湖帆"补石以足之"。陈还"索"吴为其《安持精舍印冣》题引首,并为作紫蝴蝶花小帧。在《安持人物琐忆》一书中的那幅陈巨来画松、吴湖帆补石、谢稚柳补梅竹并后写题跋的作品,应该也是此类的"索"来之画。而"索"实有"求取"和"讨取"之意,原本还含有贪婪之贬义。但陈巨来却并不这样认为,他自我感觉非常良好:"湖帆屡为余画,设色墨笔,惟命是听,而且可立索。"另外从《丑簃日记》中还知,陈巨来在制印为业的同时,似乎还从事印石买卖或中介,主要是一些如田黄和名贵寿山、冻石之类。

陈巨来在《吴湖帆轶事》一文中曾说:"湖帆每藏一名画、法书,无不取出俾余细读(大千亦如此,叔师、稚柳则秘不出示),吴氏于他人则不然也。"当年的梅景书屋,其实还是上海一个古书画鉴赏和交易的"沙龙"或"私人会所"。江浙和南方一带的大鉴藏家和著名书画商人经常出入其间,比如叶恭绰、马衡、冯超然、张珩、张大千、陈定山、蒋穀孙、孙伯渊、曹友卿、徐俊卿、徐邦达、王季迁、孙邦瑞、梁鸿志等，名家高人咸集，无论如何也不可能吴湖帆会仅让陈巨来"每藏一名画、法书，无不取出俾余细读"。因为陈巨来不是一位古书画鉴藏家，他对此道几无"眼力"可言。

在《丑簃日记》中确有一段文字记录了陈巨来"俾余细读"之事。即陈氏为吴湖帆珍藏的《隋美人董氏墓志铭》(徐渭仁旧藏初拓本)写观款题跋："自丁卯迄今十年以来获观不下数十次，丁丑正月巨来陈斝又观因识。"虽然此题跋文字极为普通，但吴湖帆却对之颇为赞许："如此题款式，可知非泛泛初交与此帖无关者所能办也。(此册巨来为余代求题词甚多。)"原来《隋美人董氏墓志铭》上五十位词家的《金缕曲》题跋，有些是陈巨来代吴湖帆求得来的。试想如果没有这层关系的话，吴还会让陈在他"宝若头目"的名碑帖上"涂鸦"吗？从《吴氏书画记》中亦可知，为吴湖帆所藏书画或碑帖题跋者，大多为吴郁生、冯超然、王同愈、吴梅、叶恭绰、夏敬观、梁鸿志、冒广生等人，而陈巨来题跋仅此一例。

陈巨来在《吴湖帆轶事》中还有一段著名掌故，即转述冯超然之言和自己的"亲眼"所见："古画逢到吴氏，不是斩头，便是斩尾，或者削左削右，甚至被其腰斩。盖吴购得同时齐名之画件时，偶有参差长短，吴必长者短之，阔者截之，务必使之同一尺寸方才满意。"吴湖帆还曾得意地对陈氏说："吾是画医院外科内科兼全的医生也。"此说流传甚广，几成"信史"。褒之者以为"鬼斧神工"，而贬之者斥为"风雅罪人"。

检阅《丑簃日记》和《吴氏书画记》，未见有关于此事的点滴记录。但日记中的两段文字却值得注意：1933年12月2日："购麓台仿大痴山水轴。墨笔，至精，与旧藏西庐一轴、元照一轴尺寸相同，诚合璧也。"1938年3月22日："伟士、戊吉、巨来，为观余所集四王四立幅，皆水墨，仿子久笔法，尺寸俱同，皆高二尺二寸，宽一尺三寸半也，纸色亦同。余集十年之久，方配得齐整。"或许在吴湖帆所藏古画中，有些因破损而需裁割、修补，并予以重新装裱，因而某些藏品尺寸相近，但绝不可能如陈氏所言"务必使之同一尺寸方才满意"。吴湖帆在《梅景书屋书画记自叙一》中曾云："余年十三,课读之暇,辄好弄笔,渐知古人一点一画咸是心血中来,乃遇片纸只字,勉为珍惜,迄今二十余年。"

陈巨来的确曾为吴湖帆刻过许多"名印",比如"倩盦"、"梅景书屋"、"待五百年后人论定"、"云鹤游天群鸿戏海"、"万里江山供燕几"、"但人生要适情耳"、"好林泉都付与闲人"、"富春一角人家",等等。但今人从《丑簃日记》和《安持人物琐忆》中,究竟应该如何定位吴、陈两人之间的关系? 以我的浅见,陈巨来近似于吴湖帆门下的"清客"或"御用印人"。从某种意义上说,如果没有吴湖帆当年的提携和梅景书屋这个平台,也就没有陈巨来后来的印坛盛名。陈巨来与吴湖帆有哪些交游呢? 从《丑簃日记》中看,陈巨来不外是制印、闲谈、吃饭、看戏和代办些小事等,此非"清客"所为乎? 所以他对吴湖帆在书画创作、书画鉴藏、诗词文章诸方面,均不曾产生有直接或间接的影响。在吴湖帆一生中,有一位至关重要的挚友和知己,那就是叶恭绰。其对吴的影响或友情,无人能及。

在《丑簃日记》中"晚巨来来，长谈"之类的文字，随处可见。陈氏是"夜猫子"，性喜夜生活，有时在晚上九点以后还会到吴寓"长谈"。陈氏向来口无遮拦，社会新闻、市井奇谈、花边绯闻等，均无所不知，亦无所不谈，故吴湖帆也常常为之"谈甚欢"。有一次上午九时，陈至吴寓，相约外出。两人在同出门而方下台阶时，忽然听见三声喜鹊叫。吴湖帆在日记里写道："真是奇事。余居此十余年，不独出门未闻，即在家时亦从未闻也。余已数年未早起出门，而今日初次而遇鹊噪，心中为之快然，虽无喜讯可言，而其兆则吉也，此亦世人通例，故巨来亦甚快。"从某种程度上说，陈巨来或许也是一只能够给吴湖帆心中带来"为之快然"的"喜鹊"吧？

周錬霞

　　周錬霞与吴湖帆两人究竟是"填词侣",还是"鸳鸯侣"? 由于陈巨来《安持人物琐忆》一书的渲染,后人多为之津津乐道,且以信者或半信者居多。刘聪著辑《无灯无月两心知——周錬霞其人与其诗》(北京出版社 2012 年版)一书是为吴、周两人的辨诬之作,考证、钩稽用力甚深。刘聪在该书周錬霞《鹧鸪天》一词的注释中说:"吴湖帆与周錬霞感情颇笃,填词绘画,合作甚多。近人陈巨来《安持人物琐忆》曾述及吴周二人婚外之私情,语多诋毁,实未可尽信。据吴氏《佞宋词痕》可知二人于 20 世纪 50 年代方往来密切,然其时周錬霞'已作阿婆,非复三五少年也'

周鍊霞小像

倣宋詞痩外篇和小山詞卦七十四首

念奴嬌

高樓梅景背西風捲疏枝繁萦縷縈迴沉
水細正是詞心初可片玉仙音小山雅韻拍情
紅牙和舉頭新月入時眉樣剛妥　其奈綠艸
池塘黃昏庭院寥落無螢火喚起采菱笛黑潘
替寫閒慈些個六疊清平雙聲紅豆調入伊州
破湘簾低揲燕巢梁上重作
癸巳新秋廬陵周筐校鍊代和清平樂末六首
并題此解

周鍊霞手迹

（冒鹤亭《螺川韵语序》）。鍊霞友人包六谦曾道：'紫宜少时颇端丽富文彩，所作词语颇大胆……其实跌宕有节，有以自守，只是语业不受羁勒而已。'（《与施议对论词书》）实已为其辨诬。友人周采泉在《金缕曲》又道：'半世空房榻。赏孤芳，榴花插鬓，凤仙殷甲。'亦言周鍊霞与夫婿半世分居，却守节自赏之意，皆可谓旁证。至于《佞宋词痕》中二人唱和之篇，或互有倾慕缠绵之意，实同为'语业不受羁勒'之例也。"

传世南宋孤本《梅花喜神谱》，是吴湖帆"吴氏文物四宝"之一，也是"梅景书屋镇宝"，是夫人潘静淑三十岁生日时父亲潘祖年所赠礼物。书中历代名人题跋、观款累累，可称江南文献名物。书末有潘静淑画绿萼梅图一开，周鍊霞画红梅图一开，均无年款。根据吴湖帆《丑簃日记》1935年元旦日记所记："早晨与静淑同观《梅花喜神谱》，题字焉。静淑画绿萼梅一页于册后。"可知潘画作于1935年春节。周画题云："拟宋人纨扇笔意为静淑仁姊补图。鍊霞。"吴湖帆题周画有《柳梢青》词云："花占春先，看飞雪后，一样情牵。往事风流,美人林下,明月窗前。　　几番清梦缠绵。又何如罗浮醉仙。心系词工,眉舒黛妩。额点妆妍。"词意暧昧,借题发挥,令人遐想。卷中周鍊霞题吴湖帆画《红梅图》诗云:"天风一夜绽寒香,翡翠珊瑚斗雪光。不向山中寻鹤伴,老逋今亦爱鸳鸯。"老逋是宋代诗人林逋,其以"梅妻鹤子"著称,这里是借代吴湖帆。据书中吴湖帆红梅图跋记可知,周的题画诗写于乙亥年(1935)春日。《梅花喜神谱》中还有一条吴湖帆与周鍊霞同赏画谱观款:"癸巳元宵,抱真、鍊霞同观。"《四欧宝笈》之宋拓《化度寺》中也有:"癸巳上元同观。抱真、鍊霞。"周与吴两人的关系的确非同一般,但两人之间是否有逾越道德伦理之事,后人真的不应妄自臆测。

在近几年的书画拍卖市场中,先后有两件吴湖帆与周鍊霞合作的《荷花鸳鸯图》,均是应友人"点题"而作。两图中周鍊霞的工笔鸳鸯,精彩异常,功力极深。后两图皆高价成交。上海某拍卖公司2004年春拍中,有吴湖帆与周鍊霞合作《荷花鸳鸯图》镜心,是钱镜塘"点题"之作。图左上有吴湖帆题词并跋云："画展蕉心,诗回玉枕,微波隐托辞通久。莫道春归犹惜,多景悬秋。几回眸。 暖暖金沙,溶溶蓝水,叶田掩映思珍偶。借问霓裳,缥缈花浣蘋洲,漫悠悠。 共倚阑干,俯双影、鸳鸯倾盖,可堪锦障迷离,还教绮思延愁。且嬉游。恁横塘清浅,指点云情舒卷,月华吞吐,仿佛撩人,拾梦红楼。镜塘道兄属写四面莲花,依柳屯田《曲玉管》词谬律题上,甲午夏日吴湖帆。"周鍊霞题词云："连蒂、连蒂。四面开成殊丽。霞腮初醉红螺。翠影翩翩绿波。 波绿、波绿。中有鸳鸯双浴。右调三台令。螺川鍊霞补鸳鸯并题。"吴、周二词见《佞宋词痕》,图亦见陈巨来《安持人物琐忆》,堪称名作。又上海某拍卖公司2003年春拍中,也有一幅吴、周合作《荷花鸳鸯图》轴,是应篆刻家吴朴堂"点题"之作。吴湖帆题云："叶有清香花有露,叶笼花露鸳鸯侣。朴堂宗兄雅赏,吴湖帆写六一词意。甲午秋日鍊霞画鸳鸯。"六一即欧阳修。以上二图均钤方一朱文闲章,印文曰:"闹红一舸记来时尝与鸳鸯为侣。"此印或是吴朴堂所刻。词句原为"闹红一舸,记来时,尝与鸳鸯为侣"，此是南宋词人姜夔《念奴娇》中咏荷花之句。甲午即 1954 年。吴、周两人当年的"鸳鸯侣"关系，在他们当时的圈子内似乎人尽皆知，而两人也并不为之避讳和掩饰。吴湖帆曾得到一方汉玉印，印文"莒夫人"，此印见明代顾从德《集古印谱》。周鍊霞原名紫宜，又名莒，吴即将此印移赠给了她。但词和印中的"鸳鸯侣"，是否就是生活中的"鸳鸯侣"？ 这难免使人"信者恒信，疑者恒疑"也。

　　周鍊霞于 1954 年清明前后曾到杭州小住，在此期间写有《采桑子·小住杭州遣怀》十首，亦刊在吴湖帆《佞宋词痕》吴倡和词十首之后。每词首句为："湖边最忆填词侣"、"登山最忆填词侣"、"灯前最忆填词侣"、"泛舟最忆填词侣"、"踏青最忆填词侣"、"行吟最忆填词侣"、"品茶最忆填词侣"、"传真最忆填词侣"、"归途最忆填词侣"、"挥毫最忆填词侣"，可谓无时无刻不在"最忆填词侣"。词中还有"料得离情一样深"、"千里相思许梦得"、"无限思量梦不成"、"未易相逢别更难"等句。吴湖帆《玉楼春·寄怀》中也有云："病房最忆填词侣，咫尺相思千万语。乍将离绪换相逢，一笑眸明情默许。"

如仅从字面上看似为"相思情词"，但也可解读为"语业不受羁勒"；亦或许是一种"精神恋爱"、"嘴上情侣"的文字游戏而已。但有一点也应该了解：1949年之后，周鍊霞已失去了经济来源，丈夫徐晚蘋又去了台湾任职，半老徐娘，携家带口，艰难的生活境况可以想象。她因此"最忆填词侣"，或许从中得到过吴湖帆的一些经济上的接济。就吴湖帆的人品而言，这种可能性是应该存在的。而她为吴氏代笔作词，写"情词"或两人合作《荷花鸳鸯图》等，也算是一种情义上的回报和聊以取酬之举吧？

另外，周鍊霞早年与张大千亦有过交往，但两人关系是否如《安持人物琐忆》中所说那样，令人质疑。如果吴、周两人真是"鸳鸯侣"关系，而非单纯的"填词侣"，那张大千是不会与周鍊霞超越"腻友"关系的，张大千在这方面是极有分寸之人。在《大风堂遗赠印辑》（台北故宫博物院1998年版）一书中，有台湾著名篆刻家王壮为所刻一方朱文印，曰"一目了然"。边款跋云："人赠诗家周鍊霞'一目了然'印，则曰：

'是应转赠大千居士也。而路远莫能致。'苇窗言之，因为居士刻此四字。丙辰仲春，壮为并识于台北。"丙辰即 1976 年。苇窗即沈苇窗，是张大千生前好友，当年在香港先后编辑出版《大人》和《大成》文史杂志，时常来往于大陆和台湾之间。周錬霞曾在"文革"中遭遇迫害，一目被殴打致瞎。后来即请友人（一说是来楚生）刻"一目了然"和"眇眇兮余怀"（《楚辞》句）二印，聊以解嘲。张大千晚年因患糖尿病而致一目失明，故周錬霞欲将"一目了然"印转赠老友，亦堪称艺坛佳话。

笔者以为，今人在评论古人或前人时，应该有知世论人的史学观念，应该有"了解之同情"的宽容心态，而不可站在所谓的道德制高点上去刻意褒贬一个人，尤不可将个人的观点强加于人，否则皆为偏颇之见，既无任何现实意义，也无多少参考价值。

朱省斋

朱省斋与吴湖帆究竟相识相交于何时何地？查阅吴湖帆《丑簃日记》，并未见有两人交往的文字记录。朱省斋（当时名朱朴）在《朴园日记——甲申销夏鳞爪录》中有两人交往的零星文字，甲申即 1944年。但应该可以确定的是，朱、吴两人的交往约始于20 世纪 40 年代初期。两人相识之后，据朱氏所说是"朝夕过从，谈艺为乐"。

1943 年秋天，吴湖帆五十大寿，同年还有共二十位名人亦是五十寿辰，其中包括梅兰芳、周信芳等人。此二十人共同在沪西的魏家别墅举办了"千岁宴"，当时应邀参加"千岁宴"的社会名流多达百余人,朱氏也被邀请参加,并得到了一册梅景书屋弟子共同编印的纪念画集《梅景画笈》。朱氏深嗜古代书画,如果按当时吴湖帆在上海鉴藏界的地位和"辈分"而言,应该是朱氏主动去结交吴湖帆的。后来朱、吴两人始终关系甚为密切,并时有往来,可能一直到"文革"之前才终止。

朱省斋一生对吴湖帆的鉴赏水平和收藏都极为推崇,认为吴湖帆是当代极少数的几位真正的鉴赏大家之一。他曾经在《论画品及赏鉴》一文中评价吴湖帆说:"既富收藏,又精鉴别,并擅绘事,夙为余所心折。"所以当年朱氏在上海购藏古书画时,如果自己一时难以定夺,他就会请吴湖帆为其"掌眼",质疑求教,然后以定去取。1943 年 12 月 21 日,富晋书社老板拿一册《明贤手札》向朱氏求售,索价一千二百元。全册共有手札十二通,内有明人王守仁、文徵明、莫是龙、王宠、周天球等八家手迹。朱审阅再三,颇多可疑,但又难以确定,遂拿此册去请吴湖帆鉴定。吴湖帆鉴定的十二通手札中仅有文徵明和周天球两通为真迹,其余皆是赝品。其中文徵明一札是写给祝枝山的长信,尤为精佳,内容是关于碑帖鉴赏之事。朱氏遂出价五百元,后几经交涉,最终购得文、周两札。

朱、吴两人也曾准备联手购买古名画。元人王蒙的传世名作《青卞隐居图》轴(今藏上海博物馆),民国年间为狄平子收藏,是狄氏家传名迹之一。此图上端藏经纸诗堂上有董其昌题倪云林诗一首,在诗堂上方又有董氏大字题签:"天下第一王叔明画。"此图在明代为无锡著名收藏家华夏收藏,入清为大收藏家安岐购藏,并著录于《墨缘汇观》一书中。后入清宫内府收藏,并著录于《石渠宝笈》。民国年间流出宫外,转归狄平子之父收藏,被视为狄家镇宅之宝。

狄平子殁后,其家人欲出售《青卞隐居图》,据传当时开价二十万元,近于"天价"。吴湖帆知道之后,可能因他自己一时没有如此多的资金,就问朱省斋是否愿意合资购买。朱氏欣然答应,并委托吴湖帆竭力促成此事。吴湖帆一般不与人合资购买古书画,除非自己实在是资金周转困难。由此可见朱、吴两人关系确实非同一般，也不排除两人曾经有过类似的合作。但后来因叶恭绰也有意购此画，吴湖帆只得与朱氏商量，说不便与叶竞争，不如罢手。如前所述，此画后来并未归叶恭绰收藏，却被另一位租界地产大亨魏廷荣购得。吴湖帆知后为此忿忿不平，对朱氏言叶恭绰误了他们的"好梦"。朱氏听罢，不知如何回答是好，只得一笑了之。

抗日战争胜利前夕，朱省斋因为曾出任过汪伪政府的宣传部次长等职，自感有可能将会遭到重庆方面的"清算"，所以暗生归隐江湖的念头。他在家乡无锡太湖边上的蠡园之旁，购地十亩，欲建一座庭

吴湖帆《朴园图》成扇
（私人收藏）

园以作耕读隐居之所。但不知何故,购地不久又变卖给了他人,他为之自言"中心惘惘,未能去怀",后遂请吴湖帆为画《朴园图》横幅一帧。吴湖帆细笔精心绘湖畔草舍三间,竹篱环绕,庭园内外群树葱郁,雾霭飘渺。园外湖冈沙渚,以浅绛和青绿敷色。庭园门外湖边,一竹制钓棚,内有一人正在拉网收鱼。此图用笔设色清润秀逸,笔意高古,绝非一般应酬之作。右上吴湖帆题曰:"朴园图。用钱舜举法写此景。为朴之兄拟图以博一粲。吴湖帆甲申冬日。"

1949 年前后,朱省斋携家人从上海移居香港沙田,开始从事书画买卖、经纪兼收藏。他在香港与收藏家、原政界要员、书画商均有往来。他经常在香港的报纸杂志上发表有关书画赏鉴方面的文章,也为一些学术团体做演讲报告,使得他在香港鉴藏界中声名鹊起。尤其是他当年"劝说"张大千将收藏的两件稀世名作,即董源的《潇湘图卷》和顾闳中的《韩熙载夜宴图》低价卖给国家文物局。此举使得大陆的文物部门对他倍生信赖和好感。

1957 年 5 月中旬,朱省斋应大陆有关部门的邀请,到北京和上海参观,也顺便寻访故友,并至上海扫墓。5月下旬在上海期间,朱氏入住当时主要负责政要和外事接待的上海大厦。他到达的当天下午就打电话给吴湖帆和周劭两人,吴、周两位故友听了之后,又惊又喜,都立刻说晚上来他下榻的上海大厦见面。

当晚吴湖帆、瞿兑之、周劭三人,在上海著名的"本帮菜"馆老正兴馆为朱氏设宴"洗尘"。瞿是文史名家,著述颇多,亦能书画,曾经是朱氏当年创办《古今》杂志的主要撰稿人之一。周又名黎庵,出身富家,本业是律师,但亦擅长文史,当年是《古今》杂志的主持人。而吴湖帆是朱氏在书画鉴藏方面的"良师益友"。他们特地为朱氏点了他平常最喜欢的家乡菜:生煸草头、红烧甲鱼、蛤蜊鲫鱼汤等。朱氏后来曾写道:"真是百吃不厌,可称得是天下无敌,并世无双,这绝不是海外各处同名的所谓老正兴馆所可同日而语的。"把盏交心,往事与愁绪不时涌上四人心头,皆不知身在何处,今夕何夕。聚餐完毕,吴、瞿、周三人抢着付款,最后还是由吴湖帆"埋单"。

5月22日晚上，朱省斋邀请吴湖帆一同看京戏。当晚演出的剧目是李多奎的《太君辞朝》，裘盛戎的《锁五龙》，马连良、张君秋的《游龙戏凤》，谭富英的《失街亭》、《空城计》和《斩马谡》。这些皆是当时数一数二的菊坛名家，两人大呼过瘾。吴湖帆还回忆起两人当年在上海一同观看谭富英的《白良关》和《战太平》的旧事，回想起来，恍如隔世，感慨不已。

5月23日下午，吴湖帆还陪同朱省斋拜访赖少其。赖少其时任上海市文联副主席和上海市美术家协会副主席。赖少其此时正在筹备成立上海画院，为了画院院长的人选一事而左右为难，其中吴湖帆出任画院院长的呼声颇高。吴湖帆携朱氏登门拜访，不知是否与此事有关？拜访结束后，吴、朱两人又到淮海路上的老大昌面包房喝咖啡，然后吴湖帆邀朱氏到梅景书屋观赏书画和继续聊天。吴湖帆拿出珍藏的三幅唐寅真迹：《骑驴归兴图》轴；《梅影图》轴；一件成扇，一面是唐寅的白描《十六应真像》，另一面是文徵明小楷写经，珠联璧合，可谓双绝。另外，还有一册《石涛晚年精品册》，作于康熙丁亥年；

一为萧云从画、王士祯题合璧册。朱氏还想观赏吴湖帆珍藏的黄公望的《富春山居图》残卷《剩山图》，吴湖帆告诉他，此图早已转售浙江省博物馆了。朱氏曾经说过："梅景书屋收藏之富且精，久已名闻海内；自庞莱翁逝世，海上藏家，自以湖帆为第一，这该是众望所归，当仁不让的了。"

5月26日上午，吴湖帆陪同朱省斋到虹桥公墓。因朱氏的前妻沈氏和长子朱荣昌葬于此地，吴湖帆还特意送了一束鲜花，使朱氏为之"可感"。当晚，吴湖帆又到上海大厦，送给朱氏一页扇面，一面画《朴园图》，另一面是瞿兑之书写的《朴园图记》。朱氏非常感动，他后来写道：《朴园图》，苍劲古雅，宛如元人；《朴园图记》，字文双美，不让明贤，真正可以称之为合璧双绝。

1963年9月下旬，朱省斋再次应邀到北京访问，指定入住北京饭店，并作为"国庆观礼"贵宾登上天安门。吴湖帆曾于上一年"中风"住院。但此次朱氏到北京之后，是否再去上海探望过吴湖帆，目前未见文字资料。"文革"开始后，吴湖帆备受冲击，家藏文物书画抄没殆尽。1968年8月11日,吴湖帆在再度中风之后凄凉辞世,享年七十五岁。两年之后,朱省斋在香港因患脑癌而病逝,终年六十九岁。他晚年非常喜欢宋人陈后山的诗句:"晚知书画真有益,却悔岁月来无多。"并请陈巨来刻成一方闲章,常钤于所得名迹之上。真可谓一语成谶。

古人尝云:"其为人也多文,虽有不晓画者寡矣。其为人也无文,虽有晓画者寡矣。"古今爱书画者多矣,但爱之而能知之,知之而能述之,则寡矣。朱省斋与吴湖帆均是"多文"的赏鉴家和收藏家,当年曾有人将之与张大千、叶恭绰、张伯驹和张珩等大收藏家并称为"巨眼",则稍有过情之嫌。朱省斋在《省斋读画记》有一文记述,他曾以自藏姚公绶《都门别意图卷》,与铁梅馆主交换文徵明《关山积雪图卷》。我阅之大惊,虽此《关山积雪图卷》后有文氏自题小楷长跋,系赠王宠之作,历时五年始成,拖尾纸上又有董其昌和晚清沈韵初两跋,实际上文徵明此画及题跋皆为赝物,原作一直藏于清宫内府,今藏台北故宫博物院。而朱氏当时未予详察,以真画交换假画,诚如他一再所言的那样"书画赏鉴之不易"。但如果说朱省斋是一位读书多、著述勤的赏鉴家和书画商人，则应该并无多少疑义。

《江渚风林图》

　　倪云林《江渚风林图》轴,墨笔纸本,款署"至正癸卯",时倪氏五十八岁。原为美国犹太裔收藏家顾洛阜旧藏之物,今藏纽约大都会博物馆。此图上有明初宋濂、明末项元汴,清初缪曰藻、孙承泽、高士奇,清中期王澍,晚清吕松壑等人鉴藏印,并著录于缪氏《寓意录》和高氏《江村销夏录》。此图真伪姑且不论,宋濂鉴藏印亦有些存疑,但可谓流传有绪。鉴藏印中的安吴朱荣爵、上海周子寓、海阳吕松壑三家生平不详。2012年上海博物馆举办的"翰墨荟萃"大展中,《江渚风林图》也是一件备受瞩目的重要展品。

　　但几乎没有观众知道,《江渚风林图》是一件有

倪瓒《江渚风林图》
（美国纽约大都会博物馆藏）

恩怨故事的展品。这幅画后来导致了两个好友的
"绝交"。有关其中的掌故，我在撰写《倪瓒二画考
辨》一文时，因限于文章体例而未能予以展开。此图
在民国年间（1938年前后）曾经为蒋穀孙（名祖诒，
1902—1973）收藏，但其从何处购藏，今已无考。蒋
氏是民国年间上海著名古籍碑帖收藏家和古董商

人，1948 年前后去香港，后定居台湾。陈巨来写有《记蒋密韵后人》一文，专述蒋榖孙的"八卦"故事，今已脍炙人口，此不赘述。

《江渚风林图》曾著录于吴湖帆《丑簃日记》1938年3月3日的日记中：

> 又蒋榖孙取来云林小幅，即董香光赏识之"江渚暮潮初落，风林霜叶浑稀。倚杖柴门阒寂，怀人山色依微。至正癸卯九月望日戏为胜伯徵君写此，并赋小诗。倪瓒"一图也。此画为项子京旧藏，后归高江村，载入《销夏录》中者。下角有"宋学士景濂"一印，精品也。

日记中"宋学士景濂"印应是"金华宋氏景濂"印。但在当天的日记中并未明确记载《江渚风林图》是还给了蒋榖孙，还是留在了梅景书屋。而在三个月后的 6 月 26 日日记中又有记载曰：

> 曹友卿携榖孙易物来，带去倪云林《江渚风

林图》,毛影宋钞《梅屋诗余》、《石屏长短句》、《樵斋乐章》三书,《花草粹编》一部,金孝章校明钞《金国南迁录》一本,宋刻《后村词》一卷,倪画原非易中物,毛钞《梅》、《石》二种余旧藏。带来余旧藏《汉侯获碑》二轴,元拓《史晨前后碑》二本,明拓《景君》、《韩敕》、《郑固》三碑及张伯雨书轴。以上三物去年易去,余为托穀孙经售梁楷画,故易之。后梁画未成交,余欲易还,而穀孙不肯,索之再三,终不理会。近观云林《江渚风林图》被余扣住将一月,乃得将原物易归,盖五汉碑皆外祖沈公物也。

上述之事的大致经过是:吴湖帆曾委托蒋穀孙卖掉一幅梁楷画,而将《汉侯获碑》等五种汉碑拓本转卖给了蒋氏。但因梁楷画后来未能成交,所以吴湖帆就想将五种汉碑拓本赎回。但他再三追索,蒋氏始终不肯。而恰好蒋氏的藏品《江渚风林图》一个月前已在吴湖帆手中,所以吴扣下倪画不还。蒋氏无奈之余,只得托曹友卿将五种汉碑拓本归还。而吴即将《梅屋诗余》等六种古籍和钞本抵作购回五种汉碑拓本的价款,同时也将《江渚风林图》还给了蒋氏。

吴湖帆外祖父沈树镛旧藏五种汉碑拓本,除《郑固》外,其余四种均著录于沈氏《郑斋金石题跋记》一书中,可谓是梅景书屋中的祖传之物。虽非稀世名拓,但对吴湖帆而言,其中寄托了一种对祖先的特殊情感。而吴湖帆当初之所以要将之转让给蒋毂孙,都是因为那幅梁楷《睡猿图》惹的"祸"。

20世纪30年代初,张大千在苏州网师园中,以宋人牧溪款册页《睡猿图》为蓝本,赝制《睡猿图》轴,并署南宋画家梁楷款,伪添南宋著名刻书家、贾似道门客廖莹中题字:"梁风子《睡猿图》神品。"并用木印仿制名家鉴藏印钤于图上,又请苏州人周龙苍做旧。再暗托天津某古董商携至上海兜售,云是从清宗室府中流出,据传当时售价为十两黄金。后此图为吴湖帆收藏,成交价格不详。吴湖帆还将此图著录于《吴氏书画记》卷一中。

时张大千与吴湖帆交往甚密,常至梅景书屋鉴赏书画。当张见此图已被吴视为珍秘之物时，又不便明言，只是婉转告知此图似不可靠，暗示应转售此图。吴湖帆时在上海书画鉴定界号称"一只眼"，自负甚高，故不为所动。在此期间，张大千还曾介绍广东买家到吴家观赏《睡猿图》，当是有意为之中介。后张大千再仿一幅同图式梁楷《睡猿图》（后为王季迁收藏）送好友陆丹林，陆携此图至吴家请鉴赏。此时吴湖帆方知当初"走眼"，但关乎自己名誉，故亦不明言。后延请叶恭绰为此图作长跋，并在诗堂上大字题曰"天下第一梁风子画"。传抗日战争结束后不久，《睡猿图》以高价卖给一美国人（一说日本人），今藏美国檀香山博物馆。此是后话。

吴湖帆和蒋毂孙两人经过了《江渚风林图》风波后，似乎从此"绝交"。至少在以后的《丑簃日记》中，蒋的名字再没有出现过。而在此之前，蒋的名字几乎每隔一二天就会出现在他的日记中。即便是后来潘静淑治丧期间，海上名人和亲朋皆往吴府吊唁奠仪，也仍未见蒋毂孙的名字。在 1938 年 7 月 12 日的日记中，记录了陈巨来的一段传话："巨来云，前日冒鹤老得袁某绝交书后日记云：'○○来书绝交，此损友也。听之。'寥寥十余字，斩钉截铁，胜绝交书万倍也，敬佩敬佩。"如不了解此前吴、蒋之间曾经发生的事情，则上述文字中所暗含的旨意就无从"破译"也。

在当时上海书画鉴藏界，梅景书屋是一个著名的交易"沙龙"。失去了吴湖帆这个重要客户和交易平台，就蒋毂孙来说，对生意上的影响应该是不小的。但在他的同乡张珩《张葱玉日记》中发现了他的一些行踪。张珩和"好事家"谭敬等人都是当年古书画市场上一掷千金的"豪客"，也是蒋毂孙、曹友卿、刘定之、孙伯渊、钱镜塘等著名书画商人的大主顾。经此一事蒋氏好像是伤了"元气"，生意阑珊，所以他的名字在《张葱玉日记》中出现的频率远比《丑簃日记》中少了许多，似已日渐被"边缘化"。人脉其实是文化资本的"货币"。平心而论，蒋毂孙看碑帖古籍的眼力堪称一流，似与吴湖帆在伯仲之间，两人皆家传、天赋、勤奋三者兼备。而看字画则稍逊吴湖帆、张珩诸人一筹，此乃术业有专攻也。

有关《江渚风林图》之事，在陈巨来的《记蒋密韵后人》一文出现了另外一个"版本"。他说："在吴、蒋交欢时,二人时时相互作买卖,亦时借物赏鉴,在蒋临去香港之前,曾向湖帆借明拓汉碑册校字,湖帆向蒋借倪云林二尺立幅一张,上有长题也。后蒋还汉碑时,吴竟云:'说过对调倪画的呀。'毂孙亦无可奈何矣。因胜利后,余见此画悬挂于吴处,询之曰:'这毂孙之物,你买了吗?'吴云以汉碑易得云云。几册明拓四五百而已,倪画至少一千以上,蒋又蚀了本矣。"但在1938年6月26日,吴湖帆已将《江渚风林图》归还给了蒋毂孙,陈巨来怎么还可能在抗战胜利后(1945年)会再看见"此画悬挂于吴处"?并且吴还"亲口"告诉他是"以汉碑易得"云云。

当我在"翰墨荟萃"大展中观赏《江渚风林图》时,就会想到吴湖帆与蒋毂孙因这幅画而发生的恩怨往事,想起陈巨来杜撰出来的"秘辛",不禁莞尔。从某种程度上说,每一件艺术品的背后均有着鲜为人知的故事。而只有那些精于此道和博闻多识之人,才会有可能发现它们的"秘密"。

《凤池精舍图》

　　苏州博物馆收藏叶恭绰于 1964 年捐献、吴湖帆画《凤池精舍图》卷，纸本水墨淡设色。图纵 26 厘米，横 124.7 厘米。图尾有跋云："凤池精舍。遐庵姻丈属写斯图，漫用王叔明笔法，不求形似，随笔成之。丁丑夏日吴湖帆。"丁丑即 1937 年。图用元代王蒙山水皴法，所写庭园内多玲珑湖石，池水绕岸，松柳竹林掩隐；松下石间有精舍二椽，一士人临窗读书，屋外水榭上有石栏、石桌、石凳。园林景致，恬淡清逸。全图笔墨精妙，确实是吴湖帆少见的园林山水题材的精心之作。

　　20 世纪 20 年代末，叶恭绰在苏州城中西美巷购得汪甘卿十亩园,筹建小园,并以盆栽梅花为胜,欲为息影养疴之所,但当时园名未定。后叶恭绰因抗战爆发而离开苏州,先后暂居广州、香港、北京等地,遂请吴湖帆绘《凤池精舍图》以作留念。他在1944年春写的《凤池精舍图》长跋中云:"余即弃其吴门寓园之明年,属吴湖帆图其景物。越三年图成。园故未定名也,乃名之曰《凤池精舍》。"他在此文中还写道:"客曰:'然则曰凤池精舍也,何居?'曰:'余固吴人也。先石林公,籍吴之凤池乡,今故居之址犹在乘鱼桥西。余数典不敢忘祖,亦犹世系之南阳云尔。……他日志平江坊巷者,谓吴中曾有是园,即以斯图为证,可也。"可知因其远祖、宋代文学家叶梦得本籍吴中凤池乡,故以名园。

叶恭绰在《凤池精舍图》画成七年之后才得到此图,遂自题七绝二首云:"凤池遗迹久榛芜,梦想家园有此图。聊与吴中添故事,可能清閟学倪迂。""由来明镜本非台,花木平泉耻自哀。犹有烟云堪供养,不须料理劫余灰。"并云:"余属湖帆画此图,图成而园之弃去久矣。漫题二绝譬写梦痕。民国三十三年四

吴湖帆《凤池精舍》（局部）

（苏州博物馆藏）

月,遽庵。"他在题诗引首钤有一方长方白文"石林"印章,"石林"乃叶梦得之号。后又再跋曰:"世之构园林、珍书画者,恒愿子孙永保,余不作此痴想。但与后之得此者珍视此卷,知吾与湖帆交谊恒泛,且画笔迥出时流耳。遽翁。"

1957年4月,古典园林专家刘敦桢(字士能)、陈从周师生两人到北京拜访叶恭绰,陈呈上新著《苏州园林》一书,并云及凤池精舍残败之况。叶闻之不胜感慨,遂再在《凤池精舍图》后再写长跋云:"此图为湖帆杰作,故七年前来京曾征求题咏,然事如春梦,不复留痕。今春刘士能、陈从周二君北来,述及吴下名园各情况,云凤池精舍已大异旧观,亭榭无存,花木伐尽,池湮径没,已成废墟,只嵌壁界石犹在,今闻之怅然,盖兴废本属恒情,况早经易主。惟造园艺术本吾国优良传统之一……附志于此,以念后来。遽翁再志。时年七十有六。"(陈从周《梓室余墨》)

检阅梁颖整理《遽庵书札》(上海图书馆历史文献研究所主编《历史文献》第十二辑、第十三辑),原件为吴湖帆旧藏,今藏上海图书馆。共有叶恭绰历年致吴湖帆一百八十五通,其中有几篇谈及《凤池精舍图》之事。摘录有关文字如下,可为艺林逸话。原件由吴湖帆装订两册,名曰《积玉集》,可惜年代顺序有错乱(原信札中无具体年份)。

第一五八札中云:"弟欲得佳绘,原因甚多,近以种种感触,乃亟求了此心愿,想当怜而见许。终所以绘此园之故,兄定了然,可无赘论矣。明代曾有凤池园之名(亦吴中旧事)。今吾园易主,似袭用亦无不宜,或改为凤池精舍亦可,统请卓夺,至内容是否要写实,抑仅具园林大概,均无不可。祈择兴惬而趣合者为之,不必拘于形象也。"

第一六八札中云:"凤池精舍卷意中拟假山(拟石林也)。池台、枫、桃、梅、柳、罗汉松、梧、桐、竹之类,另一佛堂,此外皆不拘,随意点泼可也。至其名称,因石林公为凤池乡人,虽明代曾有人称凤池园,然名非袭用,且含有述祖德之意,当无碍耳。跋语中望引及此,更为完美。"

第一六九札中云:"凤池精舍图亦勿忘宿诺,因此园已成空中楼阁,冀得一画为纪念,想沈石田当不各神楼一图也。"

第一七六札中云："此外冀有暇完成凤池精舍，余必不再啰唣矣。然绘画似可因寄托而祛烦闷，故亦劝公不必封笔也。"

第八十七札中有云："《凤池精舍图》本留此微尘，为蠲忿忘忧之用，且吾二人间似不可无一物以供后人考索，故企望甚切。能及时见赐，可胜感幸。"

从上述几封叶恭绰致吴湖帆信札中，可以看出叶氏用颇为急切的语气在恳求吴湖帆画《凤池精舍图》。因叶、吴两人是终身挚友和知己，所以叶氏可以"点题"，而且还明确所需要的细节。如换了别人，此是敢想但绝不敢言之事。为什么吴湖帆对此事一拖再拖？检阅吴湖帆《丑簃日记》中的 1937 年日记，知此年上海"淞沪抗战"爆发。吴湖帆在日记中大量记录了当时的战况，书画创作和鉴赏几乎停止；又加之此时吴湖帆时常心脏病发作，所以无暇亦无心情画《凤池精舍图》，此应可以理解。

那叶恭绰又为何要如此多次地急切求吴画《凤池精舍图》？抗战爆发，家国和个人的前途难卜，他

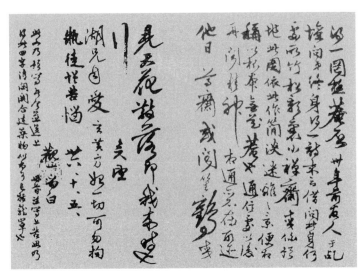

叶恭绰致吴湖帆信札
（上海图书馆藏）

或许已预感到此生可能再也不会回到苏州了（后来
果然如此）。急切求画，是为了怀念这块已经易主的
故园，也是为了纪念这段友情。诚如他在信札和题
跋中所言"知吾与湖帆交谊恒泛"、"吾二人间似不可
无一物以供后人考索"、"此园已成空中楼阁，冀得一
画为纪念"、"因寄托而祛烦闷"、"为蠲忿忘忧之用"
等语，皆非虚情之言也。至于《凤池精舍图》是否如叶恭绰题跋中所言"越三年图成"，因吴湖帆《丑簃日记》中无此图之记录，故存疑待考。但《凤池精舍图》卷所透露出来叶、吴两人一生的真挚情义，却是不容有丝毫怀疑的事实。

《剩山图》

　　浙江省博物馆所藏黄公望《富春山居图》前段残卷《剩山图》，画名是晚明清初著名徽州书画商人吴其贞所定。吴氏于顺治九年(1652)左右从丹阳收藏家张范我手中购得，遂命名曰《剩山图》，并著录于他的《书画记》卷三《黄大痴富春图纸画一大卷》一则中："此卷原有六张纸，长三丈六尺，曩为藏卷主人宜兴吴冏卿病笃焚以殉。其侄子文俟同卿目稍他顾，将别卷从火中易出，已烧焦前段四尺余矣。今将前烧焦一纸揭下，仍五纸长三丈。为丹阳张范我所得，乃冢宰赤函先生长君也。聪悟通诸技艺，性率真，好收古玩书画，无钱即典田宅以为常。予于壬辰五月二十四日偕庄澹庵往谒借观，虽日西落，犹不忍释手。其图揭下烧焦纸尚存尺五六寸，而山水一丘一壑之景全不似裁切者。今为予所得，名为《剩山图》。"

吴氏又于康熙七年(1668)戊申冬转让给扬州收藏家王廷宾，王氏在《剩山图》卷后有长跋详记此事，并将《剩山图》装裱成册页，载入他的藏画册《三朝宝绘》图册之中。王氏逝世之后，他的家人将《三朝宝绘》图册转售他人。从此之后《剩山图》似乎从世上消失，无人知道藏处。大约在同治光绪年间又为江苏江阴陈氏秘藏，所以《剩山图》从康熙到清末有一段近二百五十年左右的收藏"空白期"。

1938年11月26日，上海书画商人、汲古斋老板曹友卿将购得的《剩山图》携至吴湖帆家中请其鉴定。吴湖帆在《丑簃日记》中写道："曹友卿携来黄大痴《富春山居图》卷首节残本，真迹，约长二尺，高一尺半寸，一节中有经火痕迹三处，后半上角有吴之矩白文印半方，与故宫所藏卷影本(余前年见过真迹)校之，吴之矩印无丝毫差失，后半火烧痕亦连接，且

黄公望《剩山图》
（浙江省博物馆藏）

沈尹默题引首、郑慕康画、王同愈题《黄公望像》
（浙江省博物馆藏）

故宫藏本前半每距六七寸亦有烧痕与此同,逐步痕迹缩小,约有二三尺光景,可知此卷前半之经火无痕。某记载云:黄大痴《富春山图》当在溪南吴氏,当其主人故后,以此殉之,付之烧毁。然则手卷一时火化蓁难,外廓全部烧去矣,幸所毁者皆裱续前半及引首,至画处所毁无几,幸赖保存。一旦得此,为之大快。虽只盈尺残本,然是天壤剧迹,弥足珍宝,记此志幸。"

有关此事传说甚多,有云曹友卿知道《剩山图》的价值之后,不肯售让,又云漫天出价,吴湖帆只得以祖传一商周青铜鼎与其交换。但《丑簃日记》中并未有此事记录。如就常识而言,当年上海滩的古董商人没有一个人敢"得罪"吴湖帆,除非其自绝财路。还有一种传说,因曹友卿携来的《剩山图》没有王廷宾的题跋,吴湖帆即让曹氏向原卖者询问是否有题跋尚存,此图为江阴一陈姓人家所售。曹氏再到陈家,终于在乱旧纸堆中找到了王廷宾的题跋,犹如找到了一个人的"出生证明书"。以此形成了《剩山图》确实是《富春山居图》残卷的"证据链"。但《剩山图》

可能经过多次揭裱,在笔墨神采和品相等诸方面已大为损减。

有一点也颇为"传奇",《富春山居图》(包括《剩山图》)在近三百年里,居然先后被四个姓吴的人收藏:即宜兴吴正志、吴之矩、徽州吴其贞和苏州吴湖帆,真可谓是鉴藏史上的"异数"。吴湖帆曾填一首《锦缠道·题黄子久〈富春山居图〉残卷》词:"大岭横云,七里浅泷流露。指严陵、钓台危据,小舟江上盟鸥鹭。醉惹痴翁,健笔名山赋。　溯前朝六家,几经珍护。诧荆溪、化情尘土,叹石渠、清秘深宫。妒胜山缘分,惟我天相许。"收藏有时真的是要讲"缘分"的,所以吴湖帆特意让陈巨来刻一方朱文长方鉴藏印:"大痴《富春山图》一角人家",并题引首曰:"山川浑厚草木华滋(篆书)。画苑墨皇,大痴第一神品《富春山图》。己卯元月书句曲题辞于上。吴湖帆秘藏。"《剩山图》除吴氏雅道挚友外,"圈外"之人皆无缘一见。而且并未著录于他的《吴氏书画记》一书中,可见其珍秘的程度。

1949 年后,浙江省文物管理委员会一直有意收藏《剩山图》，并且通过多种方式和各种渠道与吴湖帆接洽商谈此事，还请多人进行"游说"，但吴湖帆当时并无出让之意。经过多年的"追踪"，吴湖帆态度有些松动，遂开始与浙江方面就出让的价格等进行商谈。而其中的关键人物是钱镜塘，吴、钱两人私谊甚深，远非他人可比。具体的交易细节，因当年的诸位当事人均已不在人世，所以难以了解。传说颇多，吴湖帆开价是五千元（一说八千元），另外还要搭售几幅清人画作。一说是元人王蒙的《松窗读易图》，有说王画实是赝作。但当时的五千元几乎是浙江省全年收购文物的一半资金，所以颇难承受。浙江方面几经商量和请示，最终还是按吴的出价购藏《剩山图》卷和《松窗读易图》，前者后来成为浙博"镇馆之宝"。

谢稚柳后来曾经回忆当年的经过：当初杭州方面托沙孟海去上海找钱镜塘，请他向吴湖帆买《剩山图》卷，但吴坚持要与王蒙《松窗读易图》一起卖。沙孟海找谢稚柳，谢稚柳就与吴湖帆谈，吴湖帆同意只卖一件（即《松窗读易图》）。后钱镜塘打电话给谢稚柳告知,吴湖帆又不同意只卖一件了。后沙孟海为此又找谢稚柳,谢为之发火,跟沙孟海说:"你去跟杭州讲,杭州方面说只买一件,却跟吴湖帆谈两件。"结果就把此图(即《松窗读易图》)也买来了。此图原先在北京已"闹"了一年,吴湖帆想要搭卖出去,当时张珩不干。(劳继雄《中国古代书画鉴定实录》第五册·浙江省博物馆)其实,吴湖帆当初并不想将"梅景书屋第一名迹"(潘静淑跋语)卖给浙江文管会,所以他开出了五千元的"天价",以及搭售《松窗读易图》的条件,就是想让浙江方面知难而退,但没想到浙江方面"志在必得"。

有一点今天或许可以推测,吴湖帆将《剩山图》售给浙江文管会之事,一定引起了上海文管部门和文博界某些人士的不悦。后来在筹备上海国画院时,绝大多数人都猜测吴是出任院长的热门人选。因为他是海上画坛"盟主",名望和辈分都极高,并得到了叶恭绰等的大力推荐,所以吴自己也颇有些"非我莫属"之感。但在1960年上海画院成立时,有关方面却敦请丰子恺出任院长,而吴湖帆连副院长都不是,仅是一名被画院聘请的普通画师而已。表面上是吴湖帆的大官僚、大地主出身的缘故,不宜担任画院院长一职。而出让《剩山图》给浙江之事,或许也是其中的诸多原因之一吧！吴湖帆在卖《剩山图》之事上可谓"两姑之间难为妇",实在是有苦难言。浙江方面认为他"强搭强卖",而上海方面则埋怨他将《剩山图》卖给了浙江。当年上海文博系统一言九鼎的"掌门人"是徐森玉先生,谢稚柳是其最得力的两位助手之一。

落选上海画院院长一事对吴湖帆的打击非常大。戴小京后来在《吴湖帆传略》一书中写道:"他开始从人们的眼光中察觉到了一些新的内容——这不再是崇敬和殷勤的神色,而是回避、怜悯,甚或带有着几分鄙夷。一种从未有过的寂寞之感爬上了他的心头。"

大风堂之门

大风堂门人轶事

　　"大风堂"是张大千和二哥张善孖两人共用的堂号。最早开始使用这个堂号的确切年月现在已经无法考证，大约是 1925 年左右。当年张大千居住在上海法租界西门路 169 号的时候，曾收藏了一幅明人张大风的《诸葛武侯像》。张善孖一向崇拜汉高祖刘邦，尤其喜欢那首《大风歌》，所以兄弟两人一致同意用大风堂作为画室之名。后来两人开堂收徒，传道授艺，所有男女弟子们皆被称为"大风堂门人"。

　　张大千和张善孖两人一生究竟收有多少名弟子，没有非常确切的数字。根据门人巢章甫、萧朴、陈从周三人在 1948 年 10 月所编的《大风堂同门录》，以及后来汪毅在 2006 年所编的《大风堂同门录》和《大风堂同门录（续）》，可知张氏兄弟从 1925 年到 1983 年共收有弟子一百二十八人。其中张善孖有十几位弟子。大风堂弟子之多（其中有女弟子四十名），堪称现代画坛第一门派。

从上述的资料来看，最早拜门大风堂的是安徽歙县人吴子京，入门时间为 1925 年，第二人应该是江苏江都人胡若思（也可能是第一人）。最后一名弟子的拜门时间无法确定，从有关资料来看，似乎是湖南人匡仲英，时间为 1972 年，在台湾。而曾有人将 1956 年至 1966 年张大千在香港和巴西所收的四位弟子张师郑、孙家勤、沈洁、王旦旦，称之为"关门四弟子"，应该有误。

从已知的《大风堂同门录》来看，门人的身份与其他画坛门派有不同之处。其中有夫妇同门，如萧建初与张心瑞、刘力上与俞致贞、李方白与宋继美、唐鸿与冯璧池、张师郑与王旦旦；有父子同门的，如唐灏澜与唐鸿、王汉翘与王文卓；亦有张氏家族自己兄弟姐妹、子侄同门的；更有一家五姐妹同门的，如

张大千与四弟子在巴西
（图中右起孙家勤、王旦旦、张师郑、沈洁）

郁慕贞、郁慕洁、郁慕娟、郁慕云、郁慕莲。这样的
"血缘"关系，看似巧合，实则说明了大风堂在当时画
坛的名望，这为大风堂画派之后的持续发展奠定了
坚实的基础。

　　张大千和张善孖的收徒仪式完全是传统式的。
大致的程序是，首先是有介绍人或担保人。介绍人
或担保人有些是朋友、画友、名人和收藏家等，也有

的是自己的弟子。在正式收徒时需要有见证人，一般是有名望之人。老师端坐正堂之上，弟子行跪拜礼，然后送上拜师帖和拜师礼金。礼金的数目一般没有具体的规定，看各人的经济情况而定。老师接受帖子和礼金，再回送弟子礼物，一般是笔墨纸砚之类的文房用品或自己印行的画册。仪式结束之后有时可能会备设几桌酒宴请客，一般是弟子家人或介绍人操办。中国人历来有"天地君亲师"的道德伦理观念，所以拜师仪式是一件非常严肃和隆重的事情。有时老师会将此事记录在自己的日记、自编年谱或其他的诗文之中，以示衣钵传承之渊源。

我们不妨从当年何海霞拜张大千为师的仪式中去了解一下详情。何海霞当年在北平画坛初露才华，尤以临摹古人作品为人称誉。他想拜旅居北平的张大千为师，就托琉璃厂佩文斋裱画店老板张佩卿代为介绍。因张大千与之素有交往，并时来店中观画，张氏就叫何海霞将一幅《饲鸟图》悬挂于佩文斋内。此图曾发表于当时的《艺林月刊》，是一幅临古之作，笔力非常老到。果然，张大千见了之后，颇为赞许,并问了何海霞的情况。张佩卿趁机提出何想拜其为师的愿望。张大千当时并未允诺,只是表示愿意与何海霞面晤。

1935年春某一天,何海霞将其岳父资助他的一百银圆作为拜师见面礼金,在北平虎坊桥附近的春华楼正式拜张大千为师。时有北平名士管平湖(画家兼古琴家)、刘北庵(收藏家)等人在座,仪式颇为隆重。何行毕跪拜礼,再呈拜师礼金。张大千回赠《张大千画集》等。不久之后,张大千将一百银圆还给何海霞并说:"你送来银圆,执弟子礼,我如不收,非礼也。现在我还给你,表示师礼,你如不收,亦非礼也。我们都是寒士,艺道之教不论金钱!"此事曾在艺林传为佳话。

张大千收徒还有一件令人不可想象之事,那就是他可以委托"生平第一知己"李秋君代为收徒并举行拜师仪式。李秋君出身于当时上海滩富豪世家,李氏家族是著名的宁波"小港李家",以河海航运起家致富。李秋君的几位哥哥虽是商场中人,却均喜欢书画,所以与张大千交往甚密,堪称是张大千早年重要的艺术"资助人"。张大千一直将李秋君视为"红颜知己",情同兄妹,而李秋君为之终身未嫁。所以张大千有时不在上海,而又有人想拜入其门,张就全权委托李秋君决定收与不收,李秋君俨然是"师娘"和大风堂"二当家"。这在当时的书画界里也是一件绝无仅有的奇事。

张大千招收弟子是否有具体的标准?按常理,首先应该看是否有一定的绘画天赋和基础。但有时也并不尽然。张大千是一个非常善于交际和自我经营之人,所以他在收徒方面也会较多考虑自己的社会人脉关系,因此有时收弟子的标准也较为随意。比如女弟子叶名珮,出身富家,喜琴棋书画,尤其精擅古琴。曾拜苏州女画家顾青瑶学画,而顾与李秋君关系甚密。顾青瑶后来就推荐叶名珮拜张大千为师,经李秋君引见,张大千同意与其见面之后再定。张大千闻知叶擅古琴,亦不看她的画作,遂取出家藏古代名琴,命其演奏一曲。张大千听罢大喜,当即举行仪式收其为弟子。

一般而言,拜大风堂门下学画者,如果学画并非纯为谋生,实属陶冶性情,流连风雅,则张大千对弟子的入门标准就相对较低。反之则相对较高,主要是看此人的书画基础,或是否有此天赋和悟性,比如何海霞、胡若思、刘力上、俞致贞、田世光、曹大铁、巢章甫等人均属此例。有时也是为了营造一种轰动效应和扩大知名度,比如1945年冬在上海李秋君家中,同时收郁氏五姐妹为大风堂女弟子,时称为"五美拜师",轰动一时,传为画坛盛事。

张大千究竟是如何教授或指导门下弟子学画的?我们知道,张大千交际广泛,应酬繁忙,云游四方,居无定所,而且还要创作大量的书画以此谋生,所以他不可能对所有的一百二十余位弟子的学画都予以一一辅导,亲历亲为。张大千常常采用同时教授数位弟子的上课方法,自己亲自作画,让弟子环立四周,看自己是如何构图、落笔、设色等,言传手教。或让弟子临摹古人,或自己创作作品,他再予以一一评点修改。能够有较长时间在张大千身边聆听教诲的弟子毕竟是少数,绝大多数的弟子都靠"自学",所谓"师傅领进门,修行靠自身",所以有的弟子见师面授的次数屈指可数。其中也有一些弟子原先就已经拜他人为师,有一定的绘画素养和知名度,拜张大千为师只不过是想找个"名头"更大的老师来装饰自己,借大风堂的名号谋生而已。

张大千后来定居巴西,应酬和交际比往日顿减,过着相对平静而又闲散的生活。他在此期间曾收了四个弟子,并希望是传承衣钵的"关门弟子",二男二女,他们分别是孙家勤、张师郑、王旦旦、沈洁。其中张师郑于1956年在香港就拜张大千为师,后来远赴巴西继续学画。这四个人先后在巴西"八德园"中跟随张大千三四年,而且都是居住在"八德园"中。此时张大千虽患有眼疾,但精力尚可,所以能够对四位弟子尽心指导,并且根据他们的不同特点,让他们或专学山水,或专学花卉,发掘各人的特长,因材施教。他们可以随意使用张大千画室中的特制纸张、颜料和名墨,临摹大风堂收藏的古人名迹,所以他们堪称是张大千晚年真正的"入室弟子"。可惜四人之中,或英年早逝,或天赋所限,或转业改行,不无遗憾。

张大千一生究竟创作有多少幅绘画作品,恐怕是永远也不会有确切的统计数字的。有研究者粗略估算大约在三万件左右。姑且认定这三万件左右的作品全是张大千的,那么其中是否有弟子代笔? 或画为弟子所作,而题跋印鉴皆真的作品?

张大千在1925年左右所收的"开门弟子"胡若思(原名胡俨),是一位书画商人之子。他的父亲是张大千作品的"代理商",与张大千过从甚密。胡若思从小就受家庭环境熏陶,对绘画极具天赋和悟性,胡父在儿子九岁时就让他拜张大千为师。此时张大千画名未彰,仍在倾心临摹和仿作石涛、八大山人的作品。胡若思随师学画,深受熏习。数年之后临摹石涛作品几能乱真,尤擅石涛浅绛山水,笔墨风格神似张大千。有时张大千画债甚多,且有指明要石涛风格山水,难以应接,就让胡若思代笔,他再修润题跋钤印,当时竟无人知是弟子代笔,师徒"合作"。抗日战争爆发之后,张大千被日本人软禁在北平,无法脱身南下,且有谣传已经"遇难"。胡若思就在上海伪制张大千画作百幅,其中尤以石涛风格浅绛山水居多,并举办画展,名曰"张大千遗作展"。人皆不知其伪,亦难辨真假,遂抢购一空,因此引起上海大风堂其他弟子们的公愤。后张大千设计逃离北平,到上海之后,登报声明,将胡若思逐出"师门",永不相认。笔者近年常在书画市场中,见到胡若思早年所作石涛风格的设色山水,笔墨之苍遒秀润,真令人叹为观止。

何海霞临摹古人画作功力甚深,在大风堂众多弟子中实属少有,尤其擅长临摹宋人青绿山水、人物画,元人王蒙水墨山水和楼阁界画。张大千就为他量身制作,命其遍临自己收藏的古人名迹,并教授鉴定,所以何海霞对古书画的鉴定水平得张大千真传。虽然何海霞一生真正跟张大千学艺只有三年左右,但其山水画的成就在众弟子中少有人能及。何海霞是张大千画室中唯一一位领"工资"的弟子。20世纪40年代,张大千创作了许多临仿古人名画的作品,如《仿易元吉戏猿图》、《仿宋人游春图》、《仿王蒙雅宜山斋图》、《仿王希孟千里江山图》、《仿董源江堤晚景图》、《临赵子昂秋林载酒图》等,其中许多初稿均由何海霞代笔。他的代笔一般只画至六七成,然后再由张大千修润、补笔和设色。有些作品后来被国外许多博物馆收藏，但他们没有想到这些"大作"，竟然是弟子代笔或师生"合作"。这也足见何海霞的绘画功力确实非同一般。张、何两人情同父子，何海霞也并非纯粹意义上的"捉刀人"。笔者曾经在上海某拍卖公司拍卖会上，看见张大千赠送给何海霞两幅尺寸很大的石涛山水和八大山人花鸟精品（真伪不论），上有张大千收藏印鉴和何海霞收藏印记。至于张大千许多的"经典"工笔花鸟作品中，是否也有其他弟子的代笔或师生"合作"，虽然目前暂时没有确凿的证据，但这种可能性应该是存在的。

叶浅予曾有诗曰："大风门下士，画迹遍寰中。"据不完全统计，遍布海内外的大风堂再传弟子多达三百八十余人，完全可以称之为"大风堂画派"，而且这个画派的影响力不是任何一个其他画派可以与之相提并论的。而张大千正是这个画派的"精神领袖"和"开山宗师"。不管你承认还是不承认，"大风堂画派"在中国当代画坛上的影响力至少还可以再持续一百年，甚至更为长远。

海外传奇二三事

美籍华裔艺术史学者、收藏家王方宇先生曾经说过:"张大千天纵奇才,游戏人间,以超人智慧,宽大胸襟,往还于人世之间,博览群相,四海交游,通达天道、地道、人道,不但精于人生多方技艺,于中国传统伦理亦自有其严格之操守,非浅见之士所能见其心性。"

张大千在 1949 年 12 月 6 日乘飞机离开成都时,由于挚友张群(时任西南行政长官)的照顾,被特别允许携带八十公斤的行李。这八十公斤的行李,绝大多数是他历年收藏的古书画,其中也可能有一些古纸、古绢和画具等物品。但是,当时张大千究竟是否顺利携带行李上飞机，历来传说甚多。据说当时同机的还有阎锡山等高官和其他要人的家眷，所以行李已严重超载，故飞机驾驶员拒绝起飞。张大千在晚年的"口述回忆"中，对此事的经过"轻描淡写"："其实我根本没有敢带多的行李，我太太抱着小女孩，我手里拿着一卷画，那是我收藏中的一两件精品，除此而外什么都没有带。"（谢家孝《张大千的世界》）

黄天才在《张大千的前半生与后半生》一文（《印刻文学生活》杂志 2010 年 9 月）中写道："当时，大千把他历年收藏的'富可敌国'的珍贵古书画整理了几大包，却无法带走，他求助张群，经张群呈报蒋中正总裁后，由蒋总裁身边的几位亲信侍从人员分别以'个人随身行李'为名，搭乘蒋总裁专机飞台。当时随侍在蒋总裁身边的专机驾驶、空军武官夏功权、机要秘书曹圣芬、医官熊丸等，都曾帮张大千带运过他珍藏的古书画。"黄天才还写道："这批古书画能平安脱险，竟动用了如此高层的人际关系，张大千当即决定：他一定要全力维护这批文物，将来如果万不得已要动用这批文物时,他一定会有清楚明白的交代,绝不能辜负曾经帮助他的那些人的好心与期待。"

黄天才是张大千晚年的"忘年至交",关系非同一般。如果他所说的此事属实,那我们似乎可以解开另外一个谜案。就是张大千后来因急需资金,而将顾闳中《韩熙载夜宴图》和董源《潇湘图》抵押给香港大新银行,后经好友朱省斋的"操作"以二万美金低价售于大陆文物部门,而被人刻意曝光。据说当蒋介石在得知此事后为之"震怒",并因此责怪张群等人。(李永翘《张大千全传》)当年大陆有关部门在香港收购文物时均极为保密,有些档案至今仍未解密。张大千是一个非常聪明和讲情义之人,他或许感觉此事可能是被人"设局",但也未必是朱省斋一人所为。其次,他感觉对不起曾经帮助过他的友人,陷他们于尴尬境地。所以张大千后来与朱氏绝交,并且准备离开香港这个是非之地,这也算是对朋友有所交代。

张大千在即将移居南美之前,特邀情同手足的宗弟张目寒从台湾来香港小聚、话别。张大千对张目寒说了移居南美的真实想法:"远去异国,一来可以避免不必要的应酬烦嚣,能于寂寞之乡,经营深思,多作几幅可以传世的画,再者,我可以将中国画介绍到西方。中国画的深奥,西方人极不易了解,而近年来偶有中国画的展览,多嫌浮浅,并不能给外人留下深刻的印象,更谈不上震惊西方人的观感!"他还说了一点:"中国的历史名迹、书画墨宝,近几十年来流传海外者其多,我若能因便访求,虽不一定能合浦珠还,至少我也可以看看,以收观摩之效。"(谢家孝《张大千的世界》)其实,张大千当时真正的目的或"野心",是想要进军欧美的艺术市场。

要进军欧美的艺术市场谈何容易。张大千也深知其中的风险和难度,前景更是难以预测。他要进行周密的市场"布局",也就是应该先从哪个国家开始"造势"?他首先选择了日本。因为张大千在日本经营多年,已经有相当的基础,也与日本的一批书画商人、收藏家等均建立了良好的人脉关系。但究竟是以怎样的方式进行呢?再次纯粹举办个人画展?虽然此前张大千也曾在日本东京举行过个人画展,并且相当的成功，但他此次准备另出奇招。

1956年4月7日至18日，由朝日新闻社邀请并主办，张大千在东京银座松屋百货公司九楼，隆重举行了"张大千临摹敦煌石窟壁画展"，共展出五十余幅临摹壁画。日本人历来对敦煌学和西域文化情有独钟，当年日本探险家大谷光瑞和尚曾继匈牙利人斯坦因、法国人伯希和之后，到敦煌弄走了许多佛教经卷及文物，为日本的敦煌学打下了研究基础。敦煌学在日本是一门显学，极受日本政府和文教界高层人士的重视。日本是一个笃信佛教的大国，有相当广泛的民众基础。此次展览不仅印制了画册，还在画册里附有朝日新闻社特别编绘的《佛教遗迹图》，将中国各地佛教遗迹绘制成图。果不其然，此次画展不仅轰动日本各界，其效应还扩大到了欧洲，真可谓一举成功，旗开得胜。

当时巴黎东方艺术博物馆馆长萨尔赴日参观"张大千临摹敦煌石窟壁画展"，其间结识了张大千，并力邀他到巴黎举行壁画临摹展。张大千欣然允诺，打铁趁热，所以在东京的展览一结束，就立即将

张大千1955年东京、巴黎画展画集

全部画作装箱空运至巴黎。六月份在巴黎举办"张大千临摹敦煌石窟壁画及收藏古画展",除展出壁画外,还同时展出了收藏的石涛、八大山人画作。法国在欧洲也是一个研究敦煌学的学术重镇,西方人虽然不一定看得懂石涛、八大山人的作品,但对充满了东方情调和西域特色,且具有抽象风格的敦煌壁画非常有"感觉"。所以此次画展又一次轰动欧陆。

　　萨尔馆长在画展结束后,又推荐张大千在七月份到巴黎现代美术馆举办"张大千画展"(又名"张大千近作展")。张大千精心选择了三十幅山水、仕女、人物、花卉等题材的作品,另外还附展了几幅临摹的敦煌石窟壁画,以此向欧洲人展示了他多方面的绘画才能。张大千从来不出席自己画展的开幕仪式,但此次萨尔馆长建议他务必要出席开幕式。张大千遂偕夫人徐雯波一同莅临画展开幕式。张大千白髯长袍,飘飘欲仙;徐雯波华丽旗袍,高贵妩媚,两人犹如神仙眷侣一般,令法国人大开眼界。此次画展的展厅可能是张大千或萨尔的有意安排,美术馆展厅的东侧是张大千画展,而西侧是马蒂斯画展。所以当法国人在看马蒂斯画展后,又大多观看了张大千画展。这是张大千第一次在欧洲大陆举办个人画展,震撼了巴黎艺坛。张大千登陆欧洲艺坛初战告捷。

张大千在初尝胜果的同时,仍不满足,又再出奇招。他想要去会会在欧洲现代画坛有教父之称的毕加索。当时在巴黎的一些已经有相当知名度的华裔画家朋友,比如赵无极、潘玉良、常玉等人都纷纷劝阻他,要他不要主动去碰那个"老怪物"和"狂人",以免自讨没趣。萨尔馆长也奉劝张大千,要珍惜自己来之不易的名望和地位,犯不着去碰钉子。张大千是何等聪明之人,他也肯定想过其中的利弊得失。因为他知道,如果能够与毕加索成功会面的话,那所带来的轰动效应,将绝对不会小于他的两次画展。此诚如王方宇所说"非浅见之士所能见其心性"也。

真所谓"名利险中求",张大千此次与毕加索的会面居然成功了,而且果然引起了欧美媒体的大幅报道,再一次吸引了西方人的眼球,标志了张大千尝试登陆欧美艺坛大功告成,以后就是如何持续经营的问题了。后来有许多研究张大千的学者对此事津津乐道,以为是两位东西方艺术大师相知相惜的佳话,哪里洞察得到张大千当年真实的意图?这其中还有一个插曲,亲友们劝张大千在欧洲举行艺术活动时,要以"教授"自称,因为欧洲人根本就弄不清楚"大师""巨匠"之类的称谓。所以毕加索在送给张大千的那幅《牧神图》上,用法文题写的是"张大千教授"。当然张大千无愧于"教授"的称号,大风堂弟子遍天下。有一点必须要注意到,张、毕两人当年的会面,其实是张大千主动要求和精心的布局、借势,并非是两厢情愿。张大千自己在晚年也坦承了这一点。赵无极后来也说,当年张大千在与毕加索见面时,提出一定要拍照合影。

另外,张大千还有一个无法解开的谜案。在许多研究张大千的专著和论文中,大都记载张大千和张善孖曾于 1917 年至 1919 年期间,在日本京都学习染织工艺一事,人云亦云,遂成信史。1988 年 2 月,日本东京文化财保护所研究员鹤田武良先生,发表了《张大千的京都留学生涯》一文(《张大千学术论文集》)。他查阅了当年京都各个工艺学校、美术学校等的大量档案资料,并没有发现有关张大千和张善孖的注册记录,而且"连姓张的资料都没有发现"。又据与张大千有过交往的日本友人讲,张大千的日语水平,"大约只是可以应付日常生活的情况罢了"。所以鹤田先生认为,如果一个留学日本三年,同时又是正式毕业的人,"他的日文程度应该是达到一个相当的标准"。那么,张氏兄弟当年究竟在日本做了些什么? 难道是纯粹的异国冶游,或者仅仅是无学籍和不注册的"旁听生"？在张大千传奇的一生中，充满了许多永远都无法解开的谜。京都留学之谜，只不过是其中之一而已。研究张大千者一定不能成为他的"粉丝"，对他所说的话，当要"无征不信"。

一个人的成功，必须具备才能和智慧。才能可以培养，而智慧却来自天赋。一个人的才能，对自己智慧的提升极有帮助。才能包括辨别力、应对力、联想力、理解力、判断力和控制力等诸多方面，张大千在这些方面均有过人之处。在智慧方面，他知是非，明善恶，辨利弊，一旦有所遴选，就择善固执，勇往直前。他烛见人性，通达事理。张大千的才能和智慧，已远远超出他的书画艺术以外和他的同辈之上。

在中国当代画坛上，张大千非常类似于晚明的董其昌，都是有大才和大智之人，均是既善于创造艺术，又长于创写历史的人物，都深会"知几用神"之理，此乃人生最高境界。在张大千与董其昌身边都有一个神奇的人气凝聚之"场"，他们演绎了一部某些特定人群的社会生活史,故极具研究价值。这个神奇之"场",在 1949 年以前,也曾经出现在吴湖帆的身边;而在 1949 年以后,则由张大千来延续了。

张大千册页解读

张大千一生究竟画过多少本册页？现在恐怕已难以有确切的数据。据不完全统计，台湾"国立"历史博物馆（以下简称"台史馆"），是海内外收藏张大千册页最多的博物馆，收藏有张大千20世纪50年代至70年代十余本册页，而且多是精品。其中写有远房表弟"子杰"（即郭有守，1901—1977）上款的就有七八册。

《大千狂涂》册（一）。水墨、设色、纸本。十四开。"庚子冬"（约1960—1961年）款。尺寸：24厘米×36厘米。作画地点为法国巴黎。

《大千狂涂》册（二）。水墨、设色、纸本。十二开。"庚子"(1961年)款。尺寸：24厘米×36厘米。作画地点为法国巴黎。

《以写我忧》册。水墨、设色、纸本。十二开。"丁酉"(1957年)款。尺寸：42.1厘米×59.8厘米。作画地点不详。

《蜀楚胜迹》册。水墨、纸本。十二开。"壬寅"(1962年)款。尺寸：24厘米×35.5厘米。最后一页上有"近作二十四幅"跋语。作画地点为巴西八德园。

《黄山探胜》册。水墨、纸本。十一开(原十二开)。"壬寅"(1962年)款。尺寸：33.8厘米×23.5厘米。现装为镜片。作画地点为巴西八德园。

《八德园小景》册。水墨、纸本。六开。"壬寅"(1962年)款。尺寸：26.1厘米×40.3厘米。现装为镜片。作画地点为巴西八德园。

《花卉松竹》册。水墨、纸本。九开。"壬寅"(1962年)款。尺寸：39.5厘米×26.8厘米。现装为镜片。作画地点为巴西八德园。

"台史馆"还有数本与上述年款前后的张大千册

页，但因为没有"子杰"上款，故暂时无法归于郭有守名下。另《资中八景》册，有"子杰中表"上款，署年"丙申"（1956），但因未见图片而未列入。上述册页中有些画作和题跋，屡为研究张大千的专著所引用，所以极具史料价值。或许有人不禁会问：一个收藏家，如果能够收藏张大千一二本册页，就已经非常幸运了。何以郭有守一人竟会收藏有张大千十几本册页精品？

　　1956年4月中旬，张大千在日本东京举办敦煌壁画临摹展。时巴黎东方艺术博物馆馆长萨尔，邀

张大千与郭有守（左）在八德园

请张大千将此画展移至巴黎展览。6月至7月,张大千先后在巴黎东方艺术博物馆和巴黎现代美术馆举办个人画展,同时也展出他收藏的石涛和八大山人书画。这是张大千第一次在欧洲举办个人画展,取得了相当大的成功。郭有守时任台湾当局教育部驻联合国教科文组织代表,又在当时的欧洲华人留学生和文化人士中极具人脉,享有"巴黎及时雨"之称。郭氏早年留学法国时,曾与徐悲鸿、张道藩等人"混"过,还一起组织"天狗会"美术社团。张、郭两人在国内曾经有过交往,但不知两人究竟是什么辈分的"中表兄弟"。此时两人在巴黎重逢,真可谓天赐良缘。张大千此时正雄心勃勃地想进军欧洲市场,而郭有守正是他绝对想倚重并值得信赖的"兄弟"。

张大千自1956年至20世纪60年代中期,曾经先后多次前往欧洲,而每到巴黎即入住在郭有守家中。郭氏不仅帮他举办画展,还亲自陪同他到瑞士、瑞典、德国的大城市旅游,由此也鉴赏到各地公私博物馆收藏的许多中西名画。而且还介绍张大千认识一批在欧洲崭露头角的年轻华裔现代派画家,比如赵无极、常玉、朱德群等人。当时张大千因糖尿病而深患眼疾，无法再画工细一路的传统绘画，所以他在考察欧洲艺术品市场后，也想改变自己的画风，即在中国大写意泼墨画中加入泼彩，再融合西方现代抽象画的技法，以迎合西方人的欣赏品味。在此过程中，郭有守帮他出谋划策，鞍前马后，不辞辛劳，的确付出了相当大的精力和财力。郭氏还多次飞赴巴西八德园探望张大千，嘘寒问暖。所以，张大千为之铭感在心，也因此为郭氏画了许多精品之作，以为报答和酬谢，亦可谓是人情雅债。上述有"子杰"上款的精品册页即由此而来。

张大千一生博览众相，阅人无数，但他绝对连做梦都没有想到：这位亲如手足的子杰四弟，居然是中国大陆方面的卧底。郭氏在与张大千的交往中，曾经旁敲侧击地劝说张大千回中国大陆，但多被张大千婉拒。有一次，张大千不惜为此与郭氏争吵，几近翻脸。1966 年 4 月，郭有守改任当时台湾当局驻比利时大使馆参赞。他在瑞士参加有关会议期间，因与大陆有关人员秘密接触而被瑞士安全部门以"间谍行为"逮捕。后被遣送至巴黎,在大陆有关人员的严密护送下飞回北京,即日发表"起义"声明。

郭有守"起义"事件,当时轰动了西方媒体,也使得台湾当局为之震怒不已,严责外交和情治部门对驻外官员监控失职。郭氏事件,不仅使张大千进军欧洲艺术品市场的设想化为泡影,更使得他再一次陷入了非常尴尬和难堪的境地。台湾有关方面对郭有守在巴黎的寓所进行了查抄,张大千赠送给郭氏的百余件书画作品,还有张大千寄存在郭氏寓所中的百余件书画,均被籍没,押运回台。因郭氏是台所谓的"教育部"公派人员,遂将这些书画转归"教育部",而该部又将之转给"台史馆"。张大千在1973年,将暂存于"台史馆"的百余件自己寄存的书画作品,无偿捐赠给该馆。

张大千在听到郭有守出事之后,连忙派儿子张保罗前往法国打探情况,并想方设法营救郭氏。当知道大势已去,再也不可挽回后,张大千即写了一首《闻郭有守变节》的诗,以表达自己的心迹:"落拓杜司勋,长贫郑广文。竟为妻子累,遂作死生分。人道君从贼,吾知贼陷君。已枯双眼泪,音讯不堪闻。"杜司勋即晚唐诗人杜牧,郑广文即唐代诗人、书画家郑虔,均是一代才高之人。张大千将郭氏比拟为杜牧,而将自己比拟为郑虔。郭氏妻子杨云慧是杨度之女。1949年郭氏抵台时,杨云慧仍在大陆,但郭对外称已与妻子"因政见不合而离婚",其实并没有离婚。所以张大千诗中说"竟为妻子累",认为郭氏是受妻子的"唆使"。张大千从此之后,再未去过欧洲,而将自己的发展重心逐渐转向了美国和中国台湾。

其实,像郭有守这种参赞级别的外交人员,即使投奔大陆,也并没有多少可利用的政治价值和统战效应,但它却有一石二鸟的效果。张大千每到欧洲,郭氏总是形影不离,情同手足。郭氏的突然"起义",不仅使得张大千失去了在欧洲发展的机遇,也使得台湾方面因此迁怒于他,或责怪他知情不报,或怀疑他是否同谋?郭氏想借此断绝张大千与台湾方面的往来,从而逼他就范?未可深知。但张大千在《瑞士纪游》诗中已经非常明确地告诉世人:"台湾吾所爱。"

当年张大千在窥知郭有守的某种意图之后，就在赠送给郭氏的某些册页题跋上有意无意地、或明或晦地表达了自己的立场。而这些题跋也为他撇开嫌疑起到了相当大的作用。张大千的《大千狂涂》册和《以写我忧》册中，某些作品的绘画笔墨和书法题跋颇显狂乱，这与他以往册页小品中那种清逸恬雅的风格迥然有异，其中似乎有烦躁而又难言之隐。

《大千狂涂》册（一）第十二开题跋：“江头一棹尔何人？相对无言迹亦陈。乞食投荒谁解得？乘桴浮海海扬尘。子杰颇以予税居南美为不智也。庚子冬。爰。”郭有守认为张大千定居南美（巴西）“为不智”，张大千回答他“乞食投荒谁解得？”

《大千狂涂》册（二）第八开题跋：“黑者是山白者水，可怜黑白太分明。人间万事烟云过，莫使胸留未了情。庚子十二月十二日，巴黎与子杰围炉闲话，展阅此册漫书。爰。”此画面与题跋均极有寓意。张大千诗中“人间万事烟云过，莫使胸留未了情”，究竟是暗指什么？张大千在南美的朋友许启泰，曾在他的《张大千的八德园世界（1953—1989）》一书中解读为：应是与郭有守远在国内的妻子杨云慧有关。这与张大千《闻郭有守变节》一诗中"竟为妻子累"，似可印证。

《以写我忧》册第二开《自画像》题诗中有："异域甘流落，乡心未忍言。"第七开《高士》题诗中有："八表濛濛天地闇，何须苦说欠分明？"第十开《卷云》题诗中有："为雨应非尔，遮天岂任君？行藏只如此，何故太纷纷？"等等。张大千在此册页中，通过画面与题跋皆暗示郭有守："异域甘流落"，故乡天地昏闇，"何须苦说欠分明？"又："为雨应非尔，遮天岂任君？"诗中说及的当时国内的种种情形以及诗中吐露出来的顾虑，郭氏是聪明之人，且久经江湖历练，他岂能不知？恐怕也是衔命在身，由不得自己吧？

当年郭有守的突然"起义"，对张大千的打击的确是巨大的。不过，张大千是一个非常念情念旧之人，他对郭有守的真挚感情，终身未变。1979 年 9 月，即他逝世前四年，在重题一幅当年在巴黎所画的《江妃出浴图》，其中有云："二十年前巴黎赋此，时与子杰同游。今消息隔绝，徒托梦寐也。"

张大千《以写我忧》册页
（台湾"国立"历史博物馆藏）

当年在巴黎的一位台湾女留学生林霭，与郭有守、张大千等均非常熟悉，她后来在一篇回忆文章中写道："张大千先生真是先知先觉，不然'文革'期中，性命难保，也没有后来二十几年安享大名的生活了。"张大千是否有"先知先觉"，我辈不敢妄议。但他一生始终能够将自己的命运掌握在自己手中，在许多关键时刻极少有重大的失误，且亲情和金钱等均难以使之动摇，仅就这一点而言，在近百年来的书画家中，无愧第一人也。陈定山先生曾在《春申续闻》一书中说过："人生大节，出处生死，最要自己看得准，立得定。千万不可犹豫。"

最后，想说几句与张大千册页无关的题外话。当年张大千暂居香港后，自己立足未稳，朝不知夕，可他为什么会首先想到要写信给吴湖帆，劝吴离开大陆前来香港，暂观后事再做决定呢？（戴小京《吴湖帆传略》）张大千在国内情同手足的挚友也绝非仅吴湖帆一人，但张大千当年的真实想法，今已无从知晓。

据我多年研究，分析和推测张大千当年的意图或许如此：首先，1949 年以后，吴湖帆书画原来的高端消费群体(江浙沪资本家),大多已移居香港,如他到香港,则生活方面应无后顾之忧。其次,当年的香港已成为全球中国古书画的交易和集散中心,遍地名迹,且金卖石价。一些原在国内属二三流的鉴藏家,此时亦能玩得风生水起。凭吴湖帆在鉴赏界的眼力和地位,如再与张大千联手,两人几乎可通吃市场。其三,吴湖帆出身大官僚和大地主家庭,加之在抗日战争期间与汪伪政府高官来往密切,这些岂是大陆新政府所能宽容的? 又,张大千深知:自己曾被李秋君称为国宝,其实真正的国宝应该是吴湖帆,尤其是在古书画鉴赏方面,张大千与之相比,似稍逊一筹。

吴湖帆在张大千的点拨后,也颇为之心动,随即打包行李,准备随时启程。但恰巧此时姨表兄弟黄炎培(吴、黄均为沈韵初外孙)来吴家,用几天时间劝说其留下。(戴小京《吴湖帆传略》)吴湖帆经过激烈的思想斗争后,最终决定留下。平心而论,吴湖帆当时所做出的决定,已并非取决于其智商或判断力,而是与他的生活习性相关。张大千一生习惯于闯荡江湖,四海为家,适应于居无定所的生活;但吴湖帆从小养尊处优,锦衣玉食,是难以承受漂泊无定的生活的。前人曾说过:"一个人的生活环境,最终可能决定一个人的命运。"张大千似江湖高人,吴湖帆似白袷公子。两人虽情同兄弟,然各自后半生的命运却有天壤之别,真令后人唏嘘长叹和百思莫解也。

张大千与朱省斋

上篇

在 20 世纪 50 年代的香港报刊上，人们经常会看到一个名叫朱省斋的人所撰写的关于书画鉴赏的文章，此人似乎也从事书画、古董的买卖和收藏。后来这些文章大多结集出版，如《省斋读画记》、《海外所见中国名画录》、《画人画事》、《艺苑谈往》等。此人文章古雅，鉴识精深，交游广泛，而且经常出入于香港、中国大陆和日本的私人收藏家府第，有时还在香港中英学会发表明清书画的专题演讲。所以有书画鉴藏圈外的读者不禁要问：朱省斋，何许人也？

朱省斋（1902—1970），本名朱朴，字朴之，号朴园,晚年号省斋。江苏无锡人。早年曾就读于上海吴淞的中国公学,1924年加入国民党。1929年赴英国伦敦大学政治经济学院"听讲"。在欧洲游历期间,他认识了一些国民党籍人士,其中有些人后来在国民政府中官居要职。朱朴回国之后,在商务印书馆的《东方杂志》担任编辑。在原来旅欧的国民党籍人士的引荐下,朱朴开始了弃文从政生涯。

朱朴后来遇到了梁鸿志(1882—1946),梁氏字

张大千与朱省斋(右起第四人)等1955年东京合影

众异，福建长乐人，是清代著名学者和收藏家梁章钜之曾孙，他的外祖父林寿图也是福建著名收藏家。梁氏自幼受家庭熏染，精于诗文，擅长鉴赏。梁氏曾收藏有一卷宋代三十三位名人的尺牍，其中有苏东坡、王安石、曾巩、辛弃疾等人的墨宝，梁氏因此将书斋名之曰"三十三宋斋"。梁还收藏有一幅传为唐人阎立本的《历代帝王像卷》。梁曾经出任过段祺瑞北洋政府的秘书长，段政府倒台后，被政敌通缉，他就在京、津、沪等地闲居，试图有朝一日东山再起。梁氏对朱朴的文才和气质颇为赏识，遂将自己心爱的三女儿梁文若嫁给了朱朴。朱朴曾先后出任过上海特别市政府农工商局合作指导员、中央民众训练委员会特派员等闲职。

梁鸿志后来出任汪伪政府的行政院院长，朱朴因此也曾担任过汪伪政府的宣传部次长等职。1942年3月，朱朴在上海创办文史杂志《古今》半月刊，并自任杂志社社长。到1944年10月停刊，前后共出版了五十七期。当时为该杂志撰稿的作者除了汪伪政府的高官之外，在"沦陷"区的一批学者、作家均为之撰稿，其中有今人较为熟知的周作人、龙榆生、罗振玉、瞿兑之、金性尧、周越然、陈乃乾、谢国桢、谢兴尧、黄裳等人。《古今》虽是一本有"汪伪政府"背景的杂志,但平心而论,倒是一本政治色彩较淡的纯文史杂志。

梁鸿志在 1946 年 5 月 12 日被国民党政府以"叛国罪"枪毙。梁在临刑前所写下的多封遗书中,有将自己收藏的一部分古籍、书画转托朱朴夫妇保存的内容。朱朴虽被定为汪伪汉奸的骨干分子,但并没有因此被处以实刑。朱朴为了生存,开始从事古书画的收藏和买卖,经常到北京、上海、南京、天津等地鉴赏和收购书画,与当时一批著名的收藏家、鉴赏家和书画商交往颇多,其中有吴湖帆、叶恭绰、张大千等人。1949 年前后,朱朴携家人离开大陆,避居香港沙田,继续从事书画鉴藏和书画买卖,从此开始使用"朱省斋"的别名。

张大千与朱省斋两人的相识,究竟是在何时、何地,由何人介绍,现在已经无法考证。在 2009 年香港某拍卖公司的秋季拍卖会的书画拍品中,有一幅张大千 1949 年在香港应朱省斋所请而画的《朴园图》

卷,图上湖畔竹影摇曳,群树婆娑,竹树掩映,间有草屋数楹,有人在屋中读书赏画。湖光树色,大似江南景致。据张大千的题跋,他与朱氏的相遇是数年前在吴湖帆的梅景书屋。另外,在该拍卖公司的秋季拍卖会中,也有一幅吴湖帆应朱氏所请而画的《朴园图》卷。从上可知,张、朱两人都是梅景书屋主人的朋友,但确切的定交时间不详。

1949年12月底,张大千携妻女离开台湾,暂居香港。1950年1月,张大千由香港飞赴印度,筹备由印度美术学会在新德里主办的"张大千画展"。同年10月,张大千旅居印度大吉岭时,曾因朱省斋所请画有一幅《省斋读画图》卷,纸本浅绛设色。图上右起以小披麻皴绘远峰两座,山峰左下河流蜿蜒,远山隐约,淡墨加浅色画平畴、村舍。图左下角有杂树、枯木和篁竹,浓淡相间。树竹丛中有书屋两间,一屋中有人在展卷观画。此图用笔设色远在《朴园图》之上,明净清逸,虽是应酬之作,但堪称张大千小品中的精心佳作。图上有长跋,其中有曰:"省斋道兄收藏名迹甚富,纵经变乱多散佚,近得项孔彰《招隐图》

张大千《朴园图》
（作于 1949 年，私人收藏）

卷,用赤楮,画长可三丈,有董思翁、陈廉公诸跋,推许甚至,盖孔彰生平第一精作。予既远大吉岭,省斋万里命写此图,以志墨缘。时君方卜居沙田且约结邻,因想象胜概,图以奉答"云云。从上可知,朱氏寓居沙田时,曾与张大千有比邻之约。可见两人此时关系非同一般,交谊甚深。

1950 年 11 月,张大千因夫人徐雯波将临产,遂返回香港,张、朱两人的交往益为频繁。张大千因朱氏经常来往日本买卖书画,就委托他做自己在香港和日本购买古书画的代理人。朱氏因张大千精鉴定,也时常到大风堂鉴赏书画。有一次朱氏在张大千那里看见一幅八大山人罕见的人物画《东坡朝云图》轴,图中东坡坐桐荫下,右手持扇,左臂倚长桌,目视朝云执笔作书。图上有八大山人书东坡七律诗一首。朱氏说:"未敢信以为真。"他还联想起过去在镇江焦山定慧寺见过寺藏的一幅八大山人人物画《应真渡海图卷》,图后有八大山人小楷书《般若波罗蜜多心经》一卷,书后署款:"乙酉夏五月既望八大山人并书。"朱氏鉴赏后说:"字千真万确,毫无疑义,画则未敢妄断其真伪。"此图卷拖尾纸上有近代名人和鉴藏家数十人题跋,颇为巨观。但朱氏说:"但鄙人却始终不敢轻信此图之确为八大山人的真迹。"可见朱省斋的鉴赏眼力之精,绝不盲目轻信名家名人的题跋,从而断定画伪字真。后来,张大千将《东坡朝云图》转归挚友张群收藏,今为台北故宫博物院收藏。此图或是一件臆造之作。

朱省斋精于明清绘画鉴定,尤喜文人画收藏。但他对张大千早年伪制的石涛画作亦能鉴别,这在当时的鉴赏家和收藏家中实属稀见。1952年2月,朱氏携一幅不久前在黄般若画廊中所购得的石涛《探梅联句图》轴,请张大千鉴定,并明确告诉张大千,他断此图为张大千早年的仿作。张大千展卷一看,果然是早年所仿,遂在画上题跋云:"有人携此卷求售,省斋道兄一展阅便定为余少时狡狯,且为购之。一发猿臂之矢,遂中鱼目之珠,敢不拜服。辛卯二月同客香港,大千张爰。"

黄庭坚行书《经伏波神祠诗卷》,堪称为中国书法史上的煊赫名迹。此书卷历经著录,明末为项元汴、清初为梁清标收藏，后归乾隆内府收藏，后又赐成亲王永瑆。晚清年间先后为陈介祺、颜世清、叶恭绰、王南屏和陈仁涛递藏。陈仁涛携此卷至香港，又转售于收藏家兼古董商谭敬。后谭氏因发生车祸而遭遇官司，急筹资金欲离开香港，故而出售自己收藏的书画，其时海内外求购者甚众，朱省斋与谭氏素有书画生意往来，就为之中介，《经伏波神祠诗卷》遂为张大千收藏。与张大千已收藏的黄庭坚另一名迹《张大同手卷》，同为大风堂的镇馆之宝。张大千曾为之送过多幅佳作给朱氏，以示酬谢。

　　1952年年初，张大千决定全家移居南美。张大千为什么会选择南美？这与信奉天主教的于斌主教有一定关系。张、于两人关系甚密，时于斌受教廷委派将前往南美传教，并有将港澳百家天主教家庭移民南美的计划。其次，当时南美诸国与中国台湾还保留有所谓的外交关系，诸国执政者多是反共人士。其三，张大千将国内派来说服他回国的几个子侄都"扣留"在香港，他担心以后可能会有麻烦，深感香港已非久留之地。所以张大千开始筹备移民资金，当时张大千已向香港大新银行贷款五万港币,并将董源《潇湘图》和顾闳中《韩熙载夜宴图》作为抵押。由于贷款逾期未还,张大千曾想将此两图出售以偿还贷款,价高者得之。

此事被朱省斋知道之后,力劝张大千应该将二画卖给大陆的国家文物局。朱氏后来通过大陆常居在香港的文物代理人徐伯郊,以每件一万美金的价格成交,而两画的时价起码应该在五万美金左右。在这笔曲折而又诡谲的交易中,张大千当时可能已经失去了对两画的处置权。成交价当时究竟是谁定的? 是张大千,是大新银行,是朱省斋,还是徐伯郊?而此事被曝光之后,引起了台湾当局的震怒。这使得当初几位帮助张大千离开大陆的军政界的朋友,陷于非常尴尬的境地。张大千深感愧对友人,遂开始对朱氏心存间隔,并逐渐疏远。

1951 年 8 月,张大千曾携《潇湘图》、《韩熙载夜宴图》和《张大同手卷》到台北与书画同道鉴赏,当时台北故宫博物院曾有购藏的意向。一是张大千当时还未计划移居南美,二是台湾方面在资金上有一定困难，所以未能成交。在当时的特殊环境中，大陆文物部门通常在香港收购文物时，一般对成交价、出售人的情况均颇为保密。但此事却被人刻意炒作，使得世人皆知。张大千似乎已经感觉到被人"设局"，想以此割断自己与台湾方面的后路，从而逼他就范。或许还令张大千对朱省斋不快的是，朱氏曾经竭力主张将两画贱卖给大陆，而自己却将收藏的古画高价转卖外国博物馆，比如朱氏收藏的项孔彰名作《招隐图卷》就以高价售与美国波士顿美术馆。

20世纪60年代初，张、朱两人终于"交恶"，而且朱氏屡出恶言，竭力对张大千的人格予以诋毁。外人对其中内情皆不得其详，而圈内之人也多为猜测。朱氏曾在一篇文章中将他自己与张大千的关系比拟作罗振玉与王国维，他说道："此中经过，一言难尽；大白天下，终有其日。所不同者，此国画大师之手段，则尤比罗氏为诡谲，而王氏之行为，乃更较鄙人为愚蠢耳！"从此朱、张两人已经公开翻脸绝交了。

张大千终生未对与朱省斋交恶的原因进行过任何解释，就连他晚年在"口述历史"，即谢家孝撰写的

《张大千的世界》一书中也只字未提。此书是张大千晚年口述的回忆录，并且是在其生前出版。张大千在此书中甚至谈到自己的"好色"和"薄情"，但对此事却一字未谈。有人说，张、朱两人是为了金钱方面的缘故而绝交。但按张大千一生的为人来看，这一种可能性不大。

朱省斋为国内的文物局低价收购《潇湘图》和《韩熙载夜宴图》出谋出力，因而使得大陆有关方面对他颇有好感，从此朱氏开始频繁来往于大陆与香港两地，可能主要是为了他自己的书画生意。但是，朱氏是否曾试图劝说过张大千返回国内，以及传递过有关部门的意见，今已无法求证。

从张大千一生的宗教信仰、生活经历和交友情况等诸方面来看，其实他晚年的内心一直有倾向于国民党当局的政治情结。张大千一生中最好的朋友大多在台湾，这些朋友多对他有知遇之恩，义重如山，情同兄弟。他自然在政治方面就倾向于台湾，况且张大千也是一个有袍哥习气之人。

下篇

　　石涛有一卷名作《费氏先茔图卷》，现藏法国巴黎集美博物馆。此图作于康熙四十一年(1702)，石涛时年六十一岁，定居扬州。此图是石涛应友人费密之请托所作。费密字此度，祖籍四川成都新繁县，为避战乱而移居扬州近五十年。他请石涛为其画一幅朝思暮想的故乡之祖先庙墓图卷，并承诺为石涛画一幅示意草图供作画参考，不料数月后费密病逝。其子携父生前所绘草图来拜见石涛，请画一图以了却费密生前的遗愿，石涛遂精心画了此幅《费氏先茔图》。费密之子苇桧后携此图至成都先祖茔墓，离开扬州时还遍邀费密生前众多的亲朋好友为之题跋，题跋今皆在图卷之后。

　　《费氏先茔图》在民国年间曾为张作霖部下、后任北平市市长的周大文收藏，后经人中介转卖给张大千。十年之后张大千在桂林时又将此图卷转卖与友人梁某。20世纪50年代初期，梁某收藏的一批书画在香港市面上出现，被一收藏家以高价购得。张大千时在香港，听说之后就恳请此藏家转让，后因价格一时无法承受而未能如愿。后来,《费氏先茔图》几经转手之后卖往日本,被一意大利籍收藏家庇亚辛蒂尼收藏。

1953年1月,朱省斋在日本经日本朋友介绍找到庇亚辛蒂尼,希望能够转让《费氏先茔图》。几经恳商,朱氏终于以重金购得此图,具体成交金额不详。朱氏得此图后,立即驰函告诉远在阿根廷的张大千,并允诺将此图奉赠。张大千知道之后,欣喜若狂,立即回信,表示感谢之情非言语可喻。张大千后来将此图印录于《大风堂名迹集》中。由此可见当时朱、张两人关系之深密。后来,不知什么原因,两人关系逐渐疏远,直至"交恶"。朱氏在1962年9月,专门写了一篇此图流传始末的文章,他在文章中曾经意味深长地说道:"我相信——并且希望——现在这件名迹应该还留在他的手里吧。"话中有话,他可能已经风闻张大千因建造八德园缺少资金而陆续出售自己藏品之事。但不知张大千是在何时以何价将《费氏先茔图》售于法国巴黎集美博物馆的。

在20世纪50年代初期(1954年左右),朱省斋与张大千两人同往一香港藏友处观画。朱氏在数百件书画藏品中，见一册金农《山水人物册》，共有十二页，纸本设色，笔墨极精，而且纸白版新。册页上大多有金农题记，或诗或文。原为上海收藏家周湘云旧藏之物，上有吴湖帆跋记，其中有曰："所见冬心翁画，当以此册为第一神品，百读不厌"云云。朱氏见之大为赏叹，而张大千则认为此系赝品，并劝朱氏不必如此重视。但朱氏坚持己见，不为所动。后经过一年左右时间，朱氏终将此本册页购买到手。后来，张大千在海外闻知此事，飞函恳求朱氏能够割让。朱氏则借口"易米"之故，已经脱手转让他人了。十年之后，朱氏在一篇文章中写道："此事在余譬诸云烟过眼，聊以自解；而大千则心劳日拙，每提及此，辄荷荷焉。"古语中"荷荷"乃怨恨之声。从此篇文章中可见，张大千的人品实属"不堪"，难怪朱氏每提及此人此事，不禁要为之"荷荷"怨恨了。

从 20 世纪 60 年代前后起，朱省斋与张大千从"契同金兰"到后来"视同路人"，老死不相往来，此中的是非曲直，个人恩怨，具体内情，外人皆不得其详，堪称诡谲。朱氏后来曾经多次对张大千发表"恶言"，但张大千至死未对此作一字辩解。所以朱氏所言所写只能算是"孤证"，而"孤证"在历史研究中只能仅作参考。以我个人的浅见，两个人在政治上的不同趋向，应该是最终导致他们"交恶"的重要原因之一。人各有志，道不同则不相为谋，实属人世间的恒情常理。

在那个风雨飘摇、人心难测的混浊年代里，没有一个人的心灵能够保持一尘不染。所以后人决不应该脱离当时特定的历史环境去评判前人，否则就有失公允。任何历史本身都充斥着许多无法还原的真相，存在着种种无法解释的细节。但人与人之间的交往或个人的行事处世，我还是服膺清代学者戴震的那句名言："立身守二字曰不苟，待人守二字曰无憾。"

于非闇与"南张北溥"

陈左高先生在《文苑人物丛谈》(上海远东出版社 2010 年版)的《怀溥心畬》一文中说:"关于'南张北溥'之说,始见于记载的,是冒鹤亭丈七绝诗。据郑逸梅、陈巨来口述,缘抗战胜利后,陆丹林邀约溥心畬、张大千、吴湖帆暨冒鹤亭等,到其寓所聚酌。三位画家一时逸兴遄飞,即席精绘《秋林高士图》,冒老喜见合作佳构,欣然题诗其上云:'南张北溥东吴倩(即吴湖帆),鼎足声名世所钦。能使英雄尽入彀,当今惟有陆丹林。'"此是陈先生误记。

李永翘在《张大千全传》(花城出版社 1998 年版)一书 1935 年年谱中说:"由于溥、张二人皆多面能手,又均以山水著称：溥之画风属北宗，系北方艺坛名流；张之画风主南宗，系江南画坛大家。北京琉璃厂集萃山房经理周殿侯因而提倡'南张北溥'之说。后又由于非闇撰写成同名文章，在《北平晨报》画刊上发表"云云。

一般熟悉现代绘画史或张大千的人大多知道，"南张北溥"之说是张大千的好友、画家、名记者于非闇(1888—1959)最早提出来的，当初实有帮张大千进行"炒作"和"造势"之意。但于非闇究竟是在何时、何处第一次提出来"南张北溥"之说，在许多研究张大千的专著或传记里均语焉不详。其实于非闇第一次提出"南张北溥"的具体时间是1935年5月22日，他当年在《北平晨报》副刊《北晨艺圃》上用"闲人"的笔名连载《艺苑珍闻》中，发表了一则《南张北溥》的短文：

大千居士东渡，曾以患病传故都，顷已证其非确。兹又由沪上传来噩耗，谓居士已仙去者，真乃空谷生风，不（无）稽之至。沪上有谢君玉岑者,诗书画并称三绝,飘飘乎若不食人间烟火,日前以瘠死,艺林惜之,大千为经理其丧,尤痛惜其人,故径赴莫干山一游,传者盖以谢误也。

西山逸士溥心畬之太福晋,于旧历五月七日六十诞辰,逸士遍征名流,为太福晋上寿,自写观音象(像),溅金沥粉,书蝇头佛经于上,极庄严静穆之致。届期,萃锦园中,当有一番胜况也。

《北晨艺圃》副刊(局部)

于非闇在这篇名为《南张北溥》的短文里，其实是写了张大千和溥心畬的两件各不相干的轶事，而并没有将张、溥两人的艺事作直接或间接的比较。他之所以提出仅以"南张北溥"做标题，似想"尝试"一下，要看看京城的艺坛对此有何反应。但于非闇为什么要将张大千与溥心畬"并称"，而不是其他人？其中原因，除了溥心畬当时已是北方一流名书画家外，还因为于非闇是满洲汉军旗人，他的母亲与妻子皆姓爱新觉罗。所以，从某种程度上说于非闇与溥心畬是同宗同族。

同年八月，张大千在北平举办个人画展，于非闇再次为张大千撰文褒扬，其中有曰："张八爷是写状野逸，溥二爷是图华贵的。论入手，二爷高于八爷；论风流，八爷未必不如二爷。南张北溥，在晚近的画坛上，似乎比南陈北崔、南汤北戴还要高一点儿。""南陈北崔"是指清初的陈洪绶与崔子忠，"南汤北戴"是指晚清的汤贻芬和戴熙。从此"南张北溥"之说不胫而走，一时传遍南北画坛。

当年《北平晨报》的首席记者赵效沂后来渡海赴

台,晚年曾写有一本回忆录《报坛浮沉四十五年》,其中有一段写于非闇:"于非闇,旗人,兼写《艺圃》小方块(注:即'豆腐干'文章),颇为中年以上人士所喜读。他自己能诗,能书,能画,能刻印,能饮,有'清客'作风,在旧艺文界吃得开。张大千游故都时,与于时相交游,'南张北溥'的雅称,即出自于非闇手笔,流传至今。此君是编辑部'热门人物'之一,好'吹',好'抬杠',也好凑热闹,人家谈姨太太,他说他也娶过姨太太,问他姨太太何在? 他说,跑了! 其实是一派胡扯。他曾为《艺圃》写一篇《都门养鸽记》,其实他家中一只鸽子也没有。"文中的"清客"是贬义词,意谓旧时在富贵或官宦人家帮闲凑趣的门客。但于非闇绝非是一个清客,他曾是《北平晨报·艺圃》副刊的主编,还在该报副刊上长篇连载《非闇笔记》。于非闇还是京剧名票友,与须生大师余叔岩是义结金兰的兄弟。的确是一个名副其实的大玩家。

在上海某艺术品拍卖公司十年前的秋拍中,有一件于非闇1942年临摹的宋徽宗《写生珍禽图卷》,图后拖尾纸上有于非闇三段长跋。其第二段跋云:

"徽宗《写生珍禽图》,原迹每段有乾隆四字标题,与《五色鹦鹉图卷》同被日本江藤攫去。《鹦鹉卷》徽宗题诗与序,凡百二十字,为见存遗迹最多最精之瘦金书,且是卷仍存宣和内府原装,予以五十圆之差为日人买去,迄今思之,仍有余痛。"江藤,即江藤涛雄,是日本著名的中国文物古董商,也是张大千的好友。《鹦鹉卷》即宋徽宗的《五色鹦鹉图卷》,今藏美国波士顿艺术博物馆。于非闇曾于1947年依据印本临摹过此图,但将手卷变为立轴。

但于非闇题跋中所说"予以五十圆之差为日人买去"之事,令人质疑。像《五色鹦鹉图卷》这样一件流传有绪的稀世名作,在民国时期的交易价格,少说也需几千上万的银圆,或是数十两黄金。在20世纪20年代前后,于非闇不过是一名私立大学的美术教员、《北平晨报》副刊主编和记者。在当年北方的鉴藏界中,他恐怕连前三十位都排不进,凭什么与人竞购《五色鹦鹉图卷》? 于非闇当年的鉴藏地位与经济实力,不用说是购藏此图卷,恐怕连鉴赏一眼的资格都未必有吧? 难怪他当年的同事赵效沂要说他"好吹"、"好抬杠"。

但于非闇与张大千确实堪称"异姓兄弟",私交甚笃。他曾经为张大千刻一印曰"荡子",自己则刻一印曰"浪子",两人合称为"浪荡子"。于非闇还曾自刻一印曰"纨袴子弟",边款跋曰:"虫鱼花鸟吾多所好,人每以纨袴子弟呼我,则皆应之。先君子好御绸袴,以为轻软而耐久,吾不能承家学,而喜绸袴,因自刻印曰纨袴子弟,盖纪实也。"真有些玩世不恭之意。

于非闇早年曾是齐白石的弟子,研学大写意花鸟画。1935年起开始转向工笔花鸟画,临摹了大量的宋代工笔花鸟画,遂成为一代工笔花鸟画名家。于非闇还是颜料制作专家,他作品上所用的颜料均是自己亲手特制,色彩鲜艳,可保百年不褪色。为此,他还写有一本专著:《中国画颜色的研究》。

百年艺林本事

旧王孙溥儒逸事

溥心畬一生的经历和书画艺术并不复杂,但要想真正了解他的内心世界却绝非易事。今人对他的研究或评价,多是站在研究者个人的立场或观点上进行的。但如果能够站在溥心畬的角度去阐述,或许会得出与以往迥然不同的结论。换句话说:多年以来,我们是否真正了解溥心畬其人其艺?溥心畬是今之古人,他不应该与我们生活在同一时代。他如果生活在晋代或宋代,或可能就是"兰亭修禊"和"西园雅集"中人。

溥心畬童年时的传说颇多,但后来足以改变他一生命运的竟然是他的生日。溥心畬出生于光绪丙申(1896)农历七月二十五日,但这一天却是咸丰皇帝的祭辰日,所以祖父恭亲王奕䜣就只得将溥心畬生日改为七月二十四日。光绪三十四年(1908)光绪帝薨前一日,因无子嗣,遂在皇族宗亲子弟中甄选皇帝。十三岁的溥心畬亦奉旨入宫候选。当时军机大臣们因国运衰落,建议应选年龄稍大者继承皇位,慈禧(咸丰帝懿贵妃)太后大怒。或因恭亲王与道光和慈禧之间的个人恩怨,或是溥心畬生日的原因,最终其堂弟、醇亲王奕譞之孙三岁的溥仪被选为宣统皇帝,历史就是如此充满了不可预知的偶然性和残酷性。而后来溥仪一直都对恭王府人怀有深深的政治戒心。

辛亥革命以后,末代恭亲王溥伟先后将恭王府邸以及府藏古瓷、青铜器、紫檀家具和部分古书画或变卖或抵押。为此溥伟、溥儒(心畬)、溥德三兄弟发生了析产官司。后溥心畬分得恭王府旧藏部分书画:陆机《平复帖》、王羲之《游目帖》(廓填本)、王献之《群鹅帖》(廓填本)、颜真卿《自书告身帖》、怀素《苦笋帖》、韩幹《照夜白图》、《定武兰亭》(宋理宗赐贾似道本)、吴傅朋《书王荆公诗》、张即之《华严经》、北宋佚名《山水卷》(黄公望藏印)、易元吉《聚猿图》(钱选跋)、宋人《散牧图》、温日观《葡萄图卷》、米元晖《楚山秋霁图》、赵孟頫《道德经》(前有老子像)、赵孟頫《六札册》、沈周《题米襄阳五帖》、文徵明《小楷唐诗四册》、周之冕《百花图卷》、杜琼《万松图卷》、姚绶《煮茶图卷》、陈淳《虎丘图卷》、王醴《花卉卷》、陈嘉言《花鸟卷》、解缙《草书卷》、祝允明《草书卷》等。

　　1949 年 5 月左右,溥心畬携家人离开已兵临城下的杭州赴上海。他为什么不是南下或渡海赴台?据说是溥心畬得到了北京新政府的指令,劝其返回北京出任公职(故宫博物院副院长)。在上海期间还可能与陈毅、潘汉年等人有过接触,他们也转达了中央首长(据传为叶剑英)的口信。溥心畬当时颇为心动,但不知何故突然改变主意。是年十月从吴淞口乘船偷渡至浙江沈家门港,再由舟山搭乘军用专机飞至台湾。溥心畬《南游集》中有《感遇九首》,其中一首云:"宵征渡南海,万里浮一竿。布帆挂轻舻,三日冲波澜。遥望沈家门,落日登舟山。负戴履嵯峨,跋涉经险艰。稚子抱母啼,行客多愁颜。野旷风萧萧,足茧衣裳寒。命也将何尤,俯仰天地宽。"应是当时的写实之诗。其实,溥心畬与蒋介石关系甚好,在其任国大代表期间曾上书蒋,希望国民政府能够帮助解决北京破落贫困满清后裔的生计问题。蒋后来为此特拨过款项,故溥心畬对之颇为感激。溥心畬在决定离开上海时,极有可能是得到了蒋军有关部门的秘密协助。

溥心畬定居台北之后,除了在家中开设《易经》讲座外,还到台湾省立师范学院(今台湾师范大学)等高校艺术系授课,另外还收徒教授书画。传说宋美龄当年欲拜溥心畬为师学画,溥要宋举行跪拜叩头、点烛敬茶等入门仪式,宋因身份特殊而难行拜师大礼,遂转投黄君璧为师,而黄则免去有关仪式。此事当是以讹传讹。其实,在溥心畬拜门(入门)弟子中可分为两大类:叩头与不叩头。叩头行礼的弟子完全按照传统的学徒规制,可以搬入溥家居住,每天寝食在一起,除学习书画和诗文外,还要承担部分家中杂务,这部分弟子人数极少。但绝大多数是不行叩头之礼的弟子,即授课时来,下课时走;无空不来上课亦无妨,此可谓走读弟子。溥心畲如要接受宋美龄为弟子,大可不必行跪拜叩头之礼。溥心畲之所以拒绝宋为弟子,可能是因清王朝被国民党人所推翻,如果接受国民党总裁夫人为弟子,则在心理上会有某种愧对列祖列宗之感。但溥心畲当年内心的真实想法,今人也多为猜测而已。

溥心畲对书画用笔非常讲究。启功先生曾在

溥心畲收弟子拜师仪式照片

《溥心畬先生南渡前的艺术生涯》一文里说过："先生好用小笔写字,自己请笔工定制一种细管纯狼毫笔,比通用的小楷笔可能还要尖些、细些。管上刻'吟诗秋叶黄'五个字,一批即制了许多支。曾见从一个大匣中取出一支来用,也不知曾制过几批。先生不但写小字用这种笔,即写约二寸大的字,也喜用这种笔。"他的台湾省立师范学院学生、著名画家刘国松也说过:"因为溥先生并不太重视他自己的画艺,所以用的材料很不讲究……只有用笔方面,才有独好,他最喜欢用狼毫笔,而且多半是紫狼毫或豹狼毫,或长锋钩筋笔。他觉得狼毫比较挺拔,比较灵活,重笔挥写,可得雷霆万钧之势;轻笔皴擦,易获灵秀清逸之气。甚至他写字亦用同样的笔,尤其是写两三寸的行书,更是风韵高雅,清新拔俗了。"鉴赏溥心畬书画,一定要知道他所用毛笔的特点,即狼毫长锋。

溥心畬的绘画笔墨和图式并无多少新意,可谓有承前而无启后。但他在染色(设色)方面却有相当的独到之处。他曾经一再提醒学生说:"染色绝对不可以染一两次就算了,最好要在十次以上。次数越

146

多,层次就越多,就越有深度,越有分量。现今有些画人一次就染完,简直不可想像。"他每次染时都用色很淡,一层一层和一次一次往上加。他说:"淡而后才能雅,清而后才能逸。世人都不知此(耻),急功好利。"溥心畲辞世前数月,弟子江兆申前去探望。溥拿出一卷棉纸设色山水小卷让江好好观赏。约半小时后,江认为对笔墨、染色等均已能默记在心,便准备将画卷放回原处。溥说:"再仔细看看,不要放过每一个细处。"江于是又看了几遍。溥问江:"你看这画染了几遍?"江答:"三遍!"溥说:"一共十遍! 你的画只匆匆的染了一两遍,颜色都浮在纸面上,所以山泽枯槁,毫无生气!"(江兆申《我的艺术生涯》)溥心畲这种十遍左右的染色(设色)方法,也为人们鉴定其画作的真伪提供了重要的参考依据。

在溥心畲一生中有两个较大的历史疑案。第一,他早年是否留学过德国柏林大学,是否取得过所谓的生物学和天文学双博士学位? 此说最早出现在溥心畲《心畲学历自述》中,但该篇自述中多有涂改、修删之处,这在溥以往的文稿中极为罕见,属于"孤迹"。所以台湾学者詹前裕就怀疑："据我的猜想,首先提出溥曾留学的说法的,并非溥本人,而是随他一起来台的李墨云夫人。她本是宫里的丫鬟,小名雀屏,后来溥心畬会到南京、杭州,甚至台湾,都与她有关系。事实上,溥的弟子都知道,他的晚年生活被雀屏所控制,确有身不由己的苦衷……我曾数度拜访李夫人,她主动提起溥曾留学德国,而我根据资料研判,才猜想是她要溥老师这么讲的。我相信溥的内心并不愿意这么做,可是身不由己。"

第二,溥心畬除了原配夫人罗淑嘉(清媛)和侧室李墨云(雀屏)之外,是否还有第三位夫人? 1955年至1956年期间,溥心畬在日本东京期间,据说曾与一位日本女人同居,并生育有二子。后来其中一位还从美国写信给溥心畬之子溥孝华,告知该夫人已去世,并说自己是溥1950年在日本所生之子。这在时间上有矛盾。溥孝华无子嗣,故溥心畬无后裔。如果溥确实在日本生有二子,则当有骨血存世。溥心畬当年在日本既收女弟子,又聘用美貌女佣,简直乐不思蜀,据说还曾与某些中国大陆人士有过接触。

李墨云等人听说之后,即飞赴东京将其押回台湾。其实,溥心畬晚年的家庭生活并不惬意,他或许有难言之隐。另外,溥心畬1955年在日本期间才开始使用"寒玉堂"斋号。

1986年,溥孝华家中遭到歹徒入室抢劫,夫人姚兆明(溥心畬最钟爱的女弟子,曾留学意大利)被杀害,溥孝华身受重伤。歹徒当时想抢劫溥心畬遗存书画,但因皆已寄存银行保险箱而未得逞。1991年溥孝华病逝,后由八位友人组成遗产清理小组。最终决定将溥心畬书画精品四百六十余件,古书画藏品十三件,以及印章、文稿和文具等六十三件,分别由台北故宫博物院、台湾"国立"历史博物馆、中国文化大学三家"托管"。这或许也是为了考虑将来万一溥心畬有直系亲属出现而发生遗产继承问题。

溥心畬并不属于他所生活的时代,他的内心其实一直都很孤独。他或许更适合于魏晋六朝、北宋和晚明的那些时代。刘国松曾经说过:"可惜他是生不逢时,如果早生个三五百年,情形就完全不同了。

清代以降，文人画已渐趋没落，溥先生再高的才华，只手已挽救不了文人画的颓势，难怪有人要称他为'中国文人画的最后一笔'了。"

陈定山先生别记

陈定山(1897—1989)是著名的实业家、小说家、诗人、书画家、鉴藏家、美术史家、艺术策展人和京剧名票友,也是现代第一个研究和收藏海上画派之人。他的著作有《近百年名画家列传》、《定山论画七种》、《画苑近闻》、《春申旧闻》等。其中《春申旧闻》、《春申续闻》我已购读,它实与晚明张岱《西湖梦寻》、《陶庵梦忆》和余怀《板桥杂记》等书有异曲同工之义。沧海桑田,繁华如梦。因他在1948年渡海赴台时,许多书籍、资料和笔记等未能随身携带,故在内容和时间上或稍有误记,但其真实性应无疑义。就记述近代艺林掌故而言,其文章实在郑逸梅、陈巨来等人之上。

因为陈定山精鉴赏，富收藏，擅书画，广交游，所以他所记的艺林掌故，多为亲见亲闻的一手资料。另外，写艺林掌故轶闻的文章，必须要懂鉴赏、鉴定和精熟书画史，否则就会贻笑大方。郑、陈等人其实并不真正具备这一条件。1937年故宫博物院应邀赴英国伦敦举办中国艺术国际展览会，陈定山与庞莱臣、吴湖帆、叶恭绰、徐邦达、王季迁等人被故宫特聘为书画部审查委员，精选出一百七十五件古代名作（其中五件为私人收藏）展品，从而奠定了陈定山当年一流鉴定家的地位。他尤精擅清初"四王"、吴历、恽寿平和海上画派的鉴定。

陈定山早年虽订有润例，但并不以此为生。所以在1923年5月的一份润例中有明确规定："收件以五十件为限，限满即止，恕不再应。"1929年7月的《小蝶画扇》润例中也规定"以二百件为限"，纯属"藉杜应酬"的性质。1941年抗日战争爆发，陈定山困居上海，为生活所迫才开始以卖画为业。其所订润例中自称青绿山水宗北宋王诜，水墨浅绛山水宗黄公望、董其昌，写意之作多近罗聘、邵弥，花卉则徐渭、

吴湖帆、陈定山《竹石图》
（私人收藏）

陈淳（王中秀等编著《近现代金石书画家润例》，上海画报出版社2004年版）。但陈定山真正意义上的卖画生涯，其实是在定居台北之后。所以他早年的作品流传并不多，其中以小品（扇面、册页）居多。1947年出版的《中国美术年鉴》（上海社会科学院出版社2008年版）中评价陈定山绘画时说："其笔墨于洗练以后转趋繁复，千岩万壑，气韵无穷，盖收子久、山樵、香光、麓台为一家。又身行万里，胸贮万卷，故能变化于笔墨之外。诗书雅度，醰然自足。吴湖帆尝称蝶野画,仙乎仙乎。吴子深云:'吾平生于画无所畏,独畏定山,每一度相见,必有新意。'其造诣盖如此。"

1948 年,陈定山毅然抛弃在上海等地的家业,携妻儿渡海赴台,以在各大学教授诗文和卖文章鬻书画为业,并时与于右任、溥心畬、周弃子、张大千等人交游雅集,人皆尊称其为"定公"。陈定山与妹妹陈小翠、弟弟陈次蝶感情至深,情同手足。当时可能因陈次蝶(1905—1948)患重病而无法远行,故由小翠照顾料理。陈定山后来得知陈小翠在"文革"时期因不堪凌辱而引煤气自尽后,自责痛悔不已,仰天无语,老泪纵横,彻夜难寐,并出资印行了《翠吟楼遗集》。故陈定山《春申旧闻》一书中有许多偏激文字,实不难理解。失妹之痛,刻骨铭心。

陈定山的《画苑近闻》一书,郑逸梅先生在《民国笔记概观》(上海书店 1991 年版)中曾有简述,此书主要记述海上画派的逸闻掌故。其中有任熊、任薰、任颐、任预、任霞、张熊、吴昌硕、王一亭、蒲华、吴石仙、胡伯滔、吴待秋等。陈定山与任颐之子任预是好友,这些逸闻掌故,或许有些是出自任预所述。郑著中转述有张熊（字子祥）与何绍基（字子贞）的一则故事："张子祥设古董铺于湖州，何子贞来，停舟铺外，见子祥画大幅牡丹，二人都没有问名。子贞去，有人见告，方知来铺观赏者为何太史。子祥深悔失之交臂，雇小艇追之。而子贞亦觉作画者在大气磅礴中具有秀逸之概，回舟一图晤谈，二舟竟中流相遇，相与把臂大笑，欢若平生。"像这样的掌故不管其真实性如何，的确堪称翰墨佳话。难怪郑先生也要赞叹："这个故事，多么有趣啊！"

陈定山早年交游极广，官商要人、黑白两道、花界丽人、名伶戏子、收藏名家、报界闻人等均有往来，且口碑颇佳。许多外埠来沪演出的京昆名角，大多要向他"拜门"或"请安"。在抗日战争爆发之后，杜月笙曾在上海组织"抗日后援会"，陈定山出任该会的供应组副组长，并时常随杜到前线慰问，救护伤员和火化收殓阵亡官兵遗骸。故杜、陈两人交谊极厚，可谓金兰谱外兄弟。陈定山后来在《春申旧闻》中对杜的褒扬颇多。

据说陈定山家中有一面白墙，凡有书画名家来做客，即请随意作壁画，其中有钱瘦铁、贺天健、郑午昌、李秋君、陆小曼等人。他的如夫人郑十云，原是海上名妓，也是花界著名的"十姐妹"之一。精擅青衣，亦能书画，犹如晚明年间秦淮河畔之人。陈定山与之相恋多年，在迎娶之夕，陈小翠曾特写有《蘧兄花烛之夕书此奉贺》二诗，其一云："人间第一骄人事，绝世才华倾国姿。倚阁月来窗四面，琼筵春到烛双枝。珠帘试卷花为笑，眉样偷描月未知。他日红闺传韵事，不妨夫婿自为师。"其二云："百辆迎归张丽华，朝来掷果两盈车。华灯影里凭肩坐，错认人间姊妹花。"陈定山原名蘧，又名琪。陈定山有绝世才华，十云夫人有倾国之姿，洞房花烛，佳偶仙侣，真人间神话也。

陈定山于 1989 年 8 月 9 日在台北逝世，享年九十二岁，安葬于台北南港丽山陈氏墓园。如果今后有机会去台湾旅行的话，我想到他的墓地去一次，献上一束鲜花来纪念这位鉴赏前辈。我还想朗诵他当年写给张大千的那首诗："乾嘉老辈飞腾过，我辈能支三百年。何日与君同把酒，黄垆醉倒勿论钱。"

陆小曼绘事漫记

　　徐志摩与陆小曼的故事已经成为近年来文学界和出版界的大卖点，热闹非凡，令人眼花缭乱。但绝大多数的书籍皆给人一种"了不殊于既往，又无益于将来"之感。女作家丁言昭的新著《悲情陆小曼》一书（上海人民出版社 2008 年版），通过对徐志摩、陆小曼、翁瑞午三人的亲属和朋友们的深度采访，以及对当时各类新闻报刊的发掘梳理，并配印了许多初次发表的珍贵照片，真实和清晰地还原了当年四人（包括王赓）之间的恩怨情恨。书中还有详细叙述陆小曼绘画的章节，这在以往的同类著作中颇为少见。我阅读之后，又参考了其他有关的书籍，想为陆小曼的绘事做些力所能及的补充,借此与书画爱好者分享一些读书和赏画的乐趣。

陆小曼的生母吴曼华,江苏武进(今江苏常州)人,是陆小曼父亲陆定的第二任妻子。秦耕海编著《常州书画家传》中《陆小曼》条目下称:"吴氏出身官宦人家,多才多艺,尤工书画。"根据其他资料显示,她擅长工笔花卉。后来陆小曼也擅长绘画,或可能是从小受母亲的影响。她后来到北京的法国圣心女子学堂上学,才开始正式学习西画,并展露出她在绘画方面的天赋。但她是何时何地转学国画的,现在已无确切的资料可以查证。目前所见陆小曼最早作品是1931年春创作的一幅设色《山水》图卷,此图曾由徐志摩带往北京,请京城友人题跋。同年11月19日徐志摩乘飞机失事遇难,此画卷因为存放在飞机的铁匣中而幸免于难。卷末有邓以蛰、胡适、杨杏佛、贺天健、梁鼎铭、陈定山等名人题跋,陆小曼临终前,将此图卷托付给表妹夫陈从周保存。后来,陈先生在卷尾加跋,记述此图故实,并送存浙江省博物馆。此图照片今悬挂于海宁硖石的徐志摩故居二楼楼梯口,供参观者欣赏。观其笔墨,皴法业余,敷色稚嫩,摹仿痕迹明显,但有淡雅秀润之致,可以说陆小曼一生的山水画风格此时已见雏形。

1932年7月,在翁瑞午引见下,陆小曼正式拜名画家贺天健为师学画。贺先生深知陆小曼的生活习

陆小曼设色《山水》小品
(私人收藏)

性,所以在拜师时师徒两人约法三章:"一、老师上门,杂事丢开。二、专心学画,学要所成。三、每月五十大洋,中途不得辍学。"据说从此之后,陆小曼曾一改以往的慵懒生活,潜心绘事。贺天健还曾对这位女弟子提出学画要做到"三看":第一,对真山水要静看到凝神的地步。第二,对古今名作要静观细看,要将它们的优劣好坏思辨得清清楚楚。第三,对自己的作品也要静观细看,看到自家的好处,要进一步强化,看到自家的坏处,要"除恶务尽",绝不可敝帚自珍。在山水树木设色方面,教她着重以浅绛赭石与淡花青为主。所以,她的同乡恽茹辛在《民国书画家汇传》中评论道:"因天分甚高,故进境颇速,所作山水,秀逸如其人。惟不多作,得者益珍之。"但贺先生评价这位女弟子却说:"天分很高,就是不用功。"无奈之情,溢于言表。陆小曼在师从贺天健学画之后,另外还在倪瓒、沈周、王鉴等古人的作品上下过工夫,又与当时画坛名家吴湖帆、钱瘦铁、孙雪泥、应野平等人多有交往,彼此切磋,铢积寸累,对她的画艺提高也起了不小的作用。

但是有两个疑问令后来研究者颇为不解：当时名闻上海画坛的"三吴一冯"中的冯超然先生，既是同乡，又以擅长教授女弟子而著称艺林，冯先生的嵩山草堂又离陆家不远，为何不入"冯门"学画？另外翁瑞午的山水画笔墨精湛，水平非同一般，远在陆小曼之上，且又精于书画鉴赏，他做陆小曼的绘画老师应该是绰绰有余的，陆小曼为何舍近而求远？何况每月还需五十大洋的学费呢？中国书画有着至关重要的一点，就是它有脉络异常清晰的传承性。所以好的老师应该是："其所知先于众，所觉敏于众。提携道引，实有赖于启发。"我们在此并不是要怀疑贺天健先生的绘画造诣，只不过是想知道其中是否还有其他缘由。

1934年，由冯文凤、李秋君、陈小翠、顾青瑶、杨雪玖、顾飞等人在上海发起成立"中国女子书画会"，后来有学者称它是中国历史上第一个由女性发起组织的女性艺术家团体，后有会员二百人左右，在中国现代美术史上具有划时代的意义。虽然陆小曼曾以"社交名媛"的身份名列其中，但在徐志摩遇难后即素衣淡妆，闭门谢客，基本上已不再参加社交活动。加之疾病缠身，只是偶尔参加一些会员的画展，并没有实际参与"中国女子书画会"的日常事务，纯属友情客串，故与女子书画会中的女画家们来往不多。

在陆小曼的学画与创作过程中，翁瑞午对她的帮助与影响不可忽略。也可以这样说，翁瑞午不仅是她的资助人，还是她的经纪人。翁的父亲翁绥琪（江苏吴江人）被同宗的常熟翁同龢认为"侄子"，举人出身，曾入吴大澂幕府，后在广西梧州、桂林等地为官，工书善画。翁瑞午幼承庭训，亦擅绘事。定居上海后，曾拜名师学研"少林一指禅"推拿的独门秘技，在当时的上海颇有名气。他亦是上海滩京昆名票友，且在书画、鉴藏和财会等方面均造诣甚深。翁瑞午一表人才，谈吐儒雅，交游多是一时的名人雅士。陈巨来曾为他镌刻一方三十二字的圆朱印闲章，印文曰："吉金寿石，藏书乐画。校碑补帖，玩磁弄玉。击剑抚琴，吟诗谱曲，均是瑞午平生所好。"由此可知，他确非一般的官宦子弟可比。后经朋友介绍，为陆小曼推拿治病，常有奇效，深得陆的好感。

徐志摩遇难后,两人遂同居。翁瑞午除了给陆小曼经济上的资助外,对她在绘画方面的指导也影响深远。在谋篇布局、笔墨设色、落款题跋等方面都尽心尽力,口授指教,相互切磋。知己加艺友,其中乐趣,倒是有几分神侣生涯的意思。从现存的陆小曼绘画作品来看,其中不排除有翁瑞午的代笔代题之作。如果说翁瑞午是陆小曼在绘画方面的真正的老师,实非过情之言。在对未来感到苦闷彷徨的时候,在感到生活枯燥无味的时候,绘画的神奇魅力就会悄悄地浮上他们的心头,使他们暂时忘却尘世间的种种烦恼与忧愁。陈定山在《春申旧闻》中曾经说过:"小曼确实爱志摩,但她也爱瑞午,爱志摩的学问,爱瑞午的风流。"

1941年左右,陆小曼与翁瑞午两人生活发生困难,陆开始卖画。陆在《申报》上刊登《陆小曼山水润例》:"堂幅每尺四十元,立轴照堂幅例。纨折扇每握五十元。册页每方尺四十元。手卷及极大极小之件面议。加工重色、点景、金笺均加倍。墨费一成。润资先惠,约期取件。劣纸不应。收件处:本外埠各大笺扇庄及福熙路福熙坊三十五号本寓。"平心而论，在当时的上海女画家中，陆小曼的画艺并非是最出色者，纯属闺秀票友，但论名气之大与画润之高则非她莫属。同年11月，陆、翁两人假座上海大新公司（即今上海第一百货公司）四楼的大新画廊举办画展，据说有山水、花鸟作品一百多件，其中以翁瑞午画作居多。以陆小曼的名气加上翁瑞午的人脉关系，所以藏家、朋友和学生捧场颇多，画的销售情况也大大超出原先的预料，两人都非常高兴，这次画展的收入暂时改善了他们窘迫的生活。由于陆小曼疾病缠身，所以此后的绘画作品并不多。由于多方面的原因，使得陆小曼在绘画方面用功不够，这也阻碍了她向更高层次的发展，令人惋惜。1949年，陆小曼曾有作品参加全国美展。1958年，在各界友人的帮助下，陆小曼加入了上海美术家协会并正式成为上海中国画院专职画师。此后，她创作了可以说是其一生中最好的绘画作品，其中许多佳作后来多为上海中国画院收藏，外界流传甚少。

近五六年来，随着徐志摩与陆小曼两人的爱情故事渐渐为人熟知和传说,加上才子与佳人爱情故事的轰动效应,使得陆小曼的绘画作品在拍卖市场上成为众人追捧的抢手之物。赝品伪作也开始逐利而出,山水、人物、花鸟、鞍马等,无所不有,屡见不鲜。包铭新在《海上闺秀》一书中已经为之作了比较详细的揭露:"陆小曼作品留存不多,市场需求却大。很多对书画艺术不甚了解但对徐陆恋情十分感兴趣的好事者,以得陆小曼遗墨为荣。所以,近年她的赝品比例较大。在古董店或拍卖会上所见之陆小曼书画,十之八九是赝品。作伪方法以割款添款为主;新仿较少,但亦时有所遇。这类新仿常使用旧材料,晚清民国留下的宣纸、笺纸、绢以及空白册页和对联,都被用来造假。这样做,材料成本较高,故需请高手来作画题跋,赝品的'程度'也随之提高,增加了鉴别的难度。"

中国画史上历来有"以画传人"和"以人传画"之说,陆小曼则显然是后一类的画家。撇开她的绘画艺术水平不论,我们设想一下,如果陆小曼仅仅是王赓的夫人或是翁瑞午的夫人,而不是徐志摩的夫人;

如果没有那一段缠绵悱恻的爱情故事，她的绘画作品会不会像今天这样为人追捧和被人赝造？另外，从专业的绘画角度来讲，陆小曼其实不过是一个有些天赋和有些才气的半职业画家而已。最完美的绘画是一个画家勤奋与天赋的统一，二者缺一，就不可能跻身于一流画家的行列。绘画艺术是一项高尚的追求，一个画家应该具有良好的综合素养。从陆小曼流传下来的画作真迹来看，画中那种书卷之气，深深地感染着我们，这也正是她的作品和她个人的魅力之所在。

云间一鹤朱孔阳

在上海老一辈的鉴藏家中，朱孔阳（1892—1986）的名字和生平现在的人却知之甚少。其中主要的原因是朱先生的藏品极少在市场上流通，他在生前就已经将大多数藏品捐赠给国内的文博机构了。另外，他在自己的藏品上极少钤印。朱孔阳在当年是一位知名的古印章和古砚收藏大家，在"文革"之前有一别署曰"三千三百方富翁"，三千是指古印章，三百是指古砚。另外他还收藏有古代书画、古今书画成扇、民国历史文献、中医古籍等，堪称是一位名副其实的文物鉴藏家。吴湖帆曾写有一联赠与朱孔阳："爱书护似连城璧；藏砚多于负郭田。"我曾将施蛰存、朱孔阳和程十发三人称为"当代松江三老"。

朱孔阳的身份和头衔颇多：社会活动家、慈善家、金石书画家、文物鉴藏家、中医史学家和基督教著名人士等，也是上海文史馆馆员，但他名传后世的却是文物鉴藏家。朱孔阳是上海松江人，松江在古代又称云间，所以朱先生常署"云间朱孔阳"，他的家族在清末太平天国之前从苏州太湖边的洞庭东山莫釐移居松江。朱孔阳在少年时就非常喜欢书画和篆刻，显示了在此方面少有的天赋，并拜名师学习篆刻和中医。朱孔阳九十五岁坎坷而又丰富多彩的人生经历，我无法在此予以详述。在他诸多的身份之中，我想简述一下他的文物鉴藏家身份。

朱孔阳第一件收藏品是一方瓷印，方形白文，印文曰"清漪园"。清漪园是乾隆皇帝为给其母亲祝寿而在北京西郊建造的皇家园林，即后来为慈禧改建的颐和园。但不知"清漪园"一印当时是做何用？吴湖帆在他的《丑簃日记》里也曾经记录过一方乾隆皇帝的瓷印"文源阁"，绿地绿龙。文源阁是圆明园中收藏《四库全书》之阁,所以可知乾隆朝时的确喜制皇家园林楼阁名字的瓷印。"清漪园"印是朱孔阳在他的同学、清代雍正朝刑部尚书和大书法家张照(1691—1745)后裔处觅得。朱孔阳非常幸运,因为他平生的第一件藏品竟然是清代皇家御印,所以他一直将此印视若性命,直到临终前才将它捐赠给了上海文史馆。朱先生之所以后来能够成为藏印大家,也与他收藏此枚"清漪园"印有着一定的关系。

1936年底,有友人到朱孔阳家中做客,他在与友人的闲谈中听说某人有七方古砚要转让,他立即请求友人引见。朱孔阳见到七砚之后,甚为惊叹。因为此七砚中有宋代大书法家蔡襄小楷书《兰亭序》砚、明末抗清名将袁崇焕日用砚、明代书画家孙克弘书画砚、明代文学家顾元庆日用砚、清代著名篆刻家胡震砚(二方)。另外还有一方据说是明代"打严嵩砚",说是明代某人因与严嵩有杀父之仇,知严氏有砚癖,以借献砚之机,将此砚掷砸严氏,故此砚有一角缺损。至于此掷砚人究竟为谁,则语焉不详。卖砚者出价甚巨,朱孔阳一时无法凑足所需资金,就请卖主宽限半年为期。他就东借西凑,再出让一些旧藏,终于购得七砚。某日他将"打严嵩砚"清洗擦拭,除去砚侧的积垢之后,见有刻字显现,铭文曰"弇州山人日用砚"六字,方知此砚是明代文学家、史学家和鉴藏家王世贞(1528—1590)之砚。王氏号弇州山人。其父王忬确实是被严嵩诬陷而杀害,当年王世贞、王世懋兄弟曾到京城严府跪请求情而未果。但以砚掷砸严氏而缺损一角的故事则纯属卖家穿凿附会,其实历史上并无此事。朱孔阳后来曾对人谈及此事时说:文物可遇不可求,购藏文物有时必须当机立断。如果稍有一丝犹豫,宝物就会失之交臂,后悔莫及。

1937年年底,上海市博物馆联合上海通志馆和周边几个县,举办规模甚大的"上海文献展览会",收藏大家叶恭绰出任会长。朱孔阳有多件藏品被征集参加展出:王世贞弇州山人日用砚、孙克弘书画砚、"清漪园"瓷印、张照小楷《黄庭经》册、明陈继儒山水图轴、清姜壎白描《历代名臣图像卷》等。他与费龙丁、吴湖帆、孙伯渊、徐邦达等人一起被聘为"上海文献展览会"征集委员。从此朱孔阳收藏之名被文博界和收藏界广为知晓,并列入知名收藏家之列。朱孔阳的藏品除非是万不得已,一般是只收不卖,只是偶尔与友人交换藏品。

一般而言,收藏家的藏品多为以钱购得、亲友馈赠或祖传,朱孔阳有几件"国宝"级的藏品竟是"捡"来的,堪称传奇。1924年9月25日下午二时左右,朱孔阳偕夫人在杭州乘船游西湖,居然看到了千年古塔雷峰塔坍塌的全过程。他后来回忆道:"先是见塔顶冒出数尺高的尘柱,惊鸟四散纷飞。然后见塔身上半部如斧劈两半,向两侧倾斜,似稍停顿后,两半又合拢,塔顶部分即向塔心陷塌,而非传闻中的倾塌。然后一声轰然巨响之后,形同老衲一般的雷峰塔就像坐瘫一样陷塌了。仅数分钟,千年古塔即荡然无存,只留一砖土堆阜。"

朱孔阳当时的第一反应就是立即命船工快速划向塔址,他奔到塔址前捡了数块塔砖以作纪念和见证之物。令他没有想到的是塔砖侧面有孔,内藏有佛经小卷。后来经过考证,国内外的公私藏家共收藏有雷峰砖孔经卷十卷,而朱孔阳一人就收藏有三卷半。"文革"中散失两卷半,仅存一卷《宝箧陀罗尼经》,后捐赠给上海中医药大学医史博物馆。所藏雷峰塔塔砖也仅存一块,"文革"结束归还后,见砚背已琢成鱼龙图案,上有永嘉姚允中镌刻的《塔影追摹图》和《古塔坍塌记》。朱孔阳遂自刻"云间朱孔阳日用砚"并加跋记。

朱孔阳对各类古物品均有研究,比如青铜器、书画、古籍、砚石、古砖瓦、古印玺、古墨、竹刻、玉器等,堪称是当代少有的"文物通才"。有些器物他一经上手即可立断真伪或年代,为鉴藏界人士所叹服。据传某藏家有一方古砚,上镌刻有"田水月"三字,几经考证都无法知道此三字为何意,遂携此古砚到朱孔阳处求教,并言如果能释读"田水月"三字的来历即赠送此砚。朱孔阳一经上手,即在桌上以指蘸茶水写出一"渭"字,藏家不解,朱先生笑道:"明代大书画家和文学家徐渭有别署曰'田水月'也。'田水月'三字非'渭'字乎?故此砚似为徐渭之砚。"某藏家恍然大悟,叹服之下即慷慨赠送此砚,一时传为艺林佳话。

鉴赏是品评优劣，鉴定是辨别真伪，鉴赏与鉴定两兼者，方可称为真正的鉴藏家，否则即是好事家。像朱孔阳先生这样的人仿佛天生就是鉴藏家，有时真令后人百思莫解。他出身于一个清贫之家，虽然他的第一位夫人惠华新女士据说出身于当年的松江首富之家，但她为了与朱孔阳结婚而不惜与家庭断绝关系，所以朱孔阳在收藏方面并没有得到妻家的任何资助。朱孔阳在收藏方面的主要资金是靠鬻书卖画和为人刻印，节衣缩食，聚涓成川，这与当时上海滩绝大多数的收藏家有着本质上的区别。更令人敬佩的是，他后来将自己毕生的许多藏品都捐赠给公家文博单位，其中有些藏品堪称"国宝"或国家一级文物，如果这些藏品在今日的市场上流通的话，则朱先生的后人必可成为"巨富"。

　　1962 年，上海博物馆要编制《战国秦汉魏晋南北朝宋元明清——近代各家流派印谱》，但是当时上海博物馆独缺"歙派"创始人、明代篆刻大家程邃（字穆倩）的印章。知朱孔阳藏印极富，特地上门征集。朱先生毫不犹豫将珍藏的一方程邃圆形朱文印"寻孔颜乐处"，捐献给上海博物馆，填补了上海博物馆当时在古印收藏上的空白。此印堪称是程邃传世印章中的精品，也是国家一级文物。今人在上海博物馆印章陈列馆中见到这方印章时，应对朱先生肃然起敬。

朱孔阳平时永远是剃半寸平头，身穿一件对襟中式黑布褂，一条索脚灯笼裤，有时裤脚上还束一根带子，一双圆口黑布鞋，纯是一身草根装束。平常极少穿长衫，走路又急又快，犹如当年上海滩上的跑街先生（即经纪人或中介商），还时常被人侧目误认为是黑道中人。但你无论如何也不会想到，此人竟是一个大名鼎鼎的鉴藏家、慈善家和虔诚的基督徒。朱先生的人缘和口碑极好，交际亦广。不论是名人学者和巨商富贾，还是贩夫走卒或僧道尼姑，他都有真情交往，这倒有点像是苏东坡所说的那样："吾上可陪玉皇大帝，下可陪卑田院乞儿。眼前见天下无一不好人。"每当有雅道同好到他家中做客，他就会笑着先问："侬今早想要看啥么事？"意思就是"你今天想看什么东西？"往往是宾主尽欢，各偿所乐。家中客常满，杯中酒不空，故朱孔阳之名传遍海内，人皆誉之为当代"孔北海"。

最后记一件与文物鉴藏无关的逸事。朱先生精擅算卦之术，但绝不轻易为之，除非是平生至交挚友。某年浙江的古琴大师、浙江霞影琴馆馆主徐晓英在杭州拜谒朱先生，欲问父寿一事，但事先并未明言。徐先生之父徐映璞，号清平山人，与朱先生是文字至交。朱先生含笑示意其随意在桌上取一物，徐先生即随手取一玻璃球。朱先生笑谓："你必是问人寿。此人享年九十，乃一文人，性耿直，才八斗，惜为尘灰所蔽，若去其尘，必放光彩。"徐晓英大惊，求解其详。朱先生笑答道："你所取之球质硬，反面裂痕斑斑。内嵌有兰花一丛，花瓣九蓝余白。球面积灰甚多，擦之则光洁如新。故有此说。""九蓝余白"，后来徐映璞果然九十而终。又有一次，徐晓英再次求问一事，实为其兄的工作调动之事，亦未事先明言。朱先生仍让其随手取桌上一物，徐先生即随手拿起一枝有铜笔套的毛笔，但铜笔套未能提起而落下。朱先生笑道："你必是问某人工作调动之事。此人亦是文人，此事不成。笔套不起，乃是有人在拉后腿。"
后来此事果然如朱先生所言而未成。徐晓英不禁为
之大呼神奇。朱先生淡然而笑曰："此乃格物致
知也。"

施蛰存艺坛因缘

施蛰存与陈巨来

施蛰存与陈巨来定交的具体时间是 1963 年 10 月 15 日。施先生在此日的日记里写道:"晨谒尹石公,以'鹓雏诗集'请其覆定,并以所录诗呈之。陈巨来适在座,因以定交。"(施蛰存《闲寂日记·昭苏日记》)尹石公(1888—1971)又名尹炎武,江苏丹徒人,著名史学家和藏书家,晚年寓居上海。施先生在后来为陈巨来《安持精舍印最》所写的序言里亦有云:"岁癸未,余自闽中归省,闻有印人陈巨来号安持者,出赵叔孺门下,方以元朱印驰声海上。越二十年,于尹石公斋中始得奉手。清且癯，温而恭，雅士也。自此时有过从，常得观其所业。"癸未即 1943 年，而"越二十年"是 1963 年。

在《闲寂日记》的 1963 年 12 月 16 日中有记："下午至豫园古玩店购得青田石章三枚，拟托陈巨来治之。"这是施先生第一次托陈巨来治印的文字记录。在 1964 年 3 月 21 日的日记里，施先生第一次收到了陈巨来为他刻的印章："下午周迪前来谈，并携来陈巨来为刻印章二枚。"时间长达三个月左右。

在 1974 年，陈巨来从狱中释放回家。施蛰存知道之后即赋诗一首以示"申慰"，诗云："十年钩党事难知，失喜东坡竟尔归。石破天惊犹此手，凤笈鸾杀岂低眉。欲持直道宜三黜，莫望神都赋五噫。时世方尊荆国学，何妨多集半山诗。君好为集句诗。"（《北山楼诗》）此诗中用典部分可以不用深解，但说陈巨来在狱中"凤笈鸾杀岂低眉"一句，后曾为有关人士的家属或弟子所"质疑"。施、陈两人曾是"牛棚难友"，或许施先生应该有一定"发言权"，所以外人不宜置喙。后来，施先生在《安持精舍印冣》序言中再次提及此事："余与安持交既久,投分日深,又知其为贞介绝尘之士。初膺迁谪,再罗浩劫,妻女饥寒,身病几死,其遭遇可谓酷矣。而安持夷然自若,默而无忤。甲寅之春(一九七四年),安持得放归,余喜而赠之诗曰:'石破天惊留好手(注:后《北山楼诗》改为'石破天惊犹此手'),凤笯鸾杀岂低眉。'谓足以尽安持矣。"

陈巨来晚年曾经写有许多篇记述当年艺坛人物的文章,多写于香烟纸盒和废纸之上,即后来的《安持人物琐忆》。他当时将此文稿郑重托付给施蛰存保管,一是希望施先生帮他稍作文字润饰,二是施先生在海外的朋友和弟子甚多,希望能够设法出版。20世纪80年代中期,周黎庵先生到施先生寓中闲聊,周当时供职于上海古籍出版社,见此文稿甚有兴趣,遂拿回细阅。但因其中涉及许多名人隐私和恩怨,深有顾虑,不敢编辑出版。直到1999年,《万象》杂志顶着压力开始连载发表,竟一时洛阳纸贵,传遍人口。因名士在写文章时,难免会在细节或时间上有"误记"和"耳食",因此引起了文章中所涉及的某些人士家属的强烈不满,几欲诉讼。

施蛰存原籍浙江吴兴(今湖州),陈巨来原籍浙江平湖(今属嘉兴),两人可以说是同乡,又皆旅居上海,一种地域乡情使得他们一见如故。后来虽历经人生坎坷,但始终是雅道艺友,相知相惜。施蛰存别署北山,斋号北山楼。《诗经·小雅》中有诗云:"南山有台,北山有莱。"莱者,藜也。藜者,草也,所以施先生将自己暗喻为"藜草"。"北山"二字应是特定环境下的别署。陈巨来别署安持,斋号安持精舍。"安持"语出老子《道德经》第六十四章中首句"其安易持",寓意安稳时容易持守之意。

我曾鉴阅香港某先生收藏的施蛰存生前用印印蜕一件,上钤施先生鉴藏印二十一方,其中陈巨来十方,韩登安三方,钱君匋三方,高式熊二方,单晓天、陆天游和卢辉伦各一方。陈巨来所治十印为:"北山楼"(朱)、"北山石交"(朱)、"舍之长物"(朱)、"舍之吉金"(朱)、"吴兴施舍所得古金石砖瓦文"(朱)、"天之小人"(朱)、"舍之审定"(白)、"蛰庵翰墨"(白)、"施舍长年"(白)、"施蛰存印"(白)。此件印蜕是施

"北山楼"

"舍之长物"

"舍之吉金"

"舍之审定"

"施舍长年"

"施蛰存印"

"天之小人"

"蛰庵翰墨"

陈巨来为施蛰存所刻八方印章

先生在 1984 年时亲手所钤,可惜没有边款跋文,所以无法知道此批印章的具体制作年月。

在二十一印中,朱文印十四方,大多为工整秀逸一路的印风。古今鉴藏印一般均用此类风格的印章,尤喜用元朱印。施蛰存先生的鉴藏用印也沿袭此传统,并对陈巨来的元朱印尤为喜好。他在《安持精舍印最》序中曾说:"安持惟精惟一,锲而不舍者六十余载,遂以元朱文雄于一代,视其师门,有出蓝之誉。向使早岁专攻汉印,今日亦必以汉印负盛名。是知安持于汉印,不为也,非不能也。诗家有出入唐宋者,其气体必不纯。安持而兼治汉元,亦当两失,此艺事之所以贵于独胜也。"施蛰存在此篇印谱序文里,以文学史家的独特眼光,对篆刻史上的汉印与元朱印作了精辟的阐述,同时对陈巨来的元朱印给予了高度的评价,这也是一篇研究陈巨来篆刻艺术的重要参考文献。

陈巨来的印润历来极高,在 1929 年 3 月由其师赵叔孺为其所订的印润可知一二:"石章每字二元。牙章每字五元。犀角章每字六元。铜章每字十元。

螭文蜡封同字例。指明作元朱加半。牙角平底深刻倍之。极大极小别议。劣石不应。例外不应。润资先惠。随封加一。"(《近现代金石书画家润例》)此应该是他当年初出道时的印润,此"元"当为银元(大洋)。后来陈巨来在印坛享誉大名,印润则多以黄金计价,几为海内第一,求其治印者多为当时权贵富商和名人大家。抗日战争胜利后,何应钦以中国战区陆军总司令之职,在湖南芷江接受日军侵华司令冈村宁次的投降书。何氏途经上海,以黄金托人求陈巨来刻一大印,印文曰"曾手降百万日军"。致润之巨,轰动一时。

1949 年后,求陈巨来治印者多为移居香港的上海和江浙籍富商、银行家或鉴藏家。据传陈巨来在20 世纪 70 年代中期起,印润为每字百元,一印而成则需四百元左右,几乎相当于普通人的一年工资。而当时海上的许多篆刻名家,印润高者也仅是数元一字,低廉者仅是五角钱一字。施蛰存先生竟能先后得陈巨来治印十数枚(可能远不止此数),当非仅是按印润所得,从中亦可窥知两人非同一般的深情厚谊。另外，陈巨来晚年多病，故刻印极少。如果实在无法推辞，也多为弟子代刀而其稍加修润而已。

施蛰存和陈巨来，两人不论是从人品学识、生活方式、待人处世和交游圈子等诸多方面来看，都应该不会是同"路"之人。一次偶然的邂逅，竟使两人成为终身好友，惺惺相惜，友情长达二十多年，这不能不说是一个"传奇"。这令人不禁想起了龚自珍在《投宋于庭凤翔》中的那句名诗："万人丛中一握手，使我衣袖三年香。"前辈高致，令人神往。

施蛰存与陈小翠

1921年9月，周瘦鹃开始创办并主编《半月》杂志，杂志社就设在自己家里。杂志初归中华图书馆发行，第五期后由大东书局发行。杂志上具名主撰人为袁寒云（克文），封面绘图者为画家谢之光。这其实是周瘦鹃一个人的杂志，但该杂志的撰稿人除自己外，绝大多数都是他的同道文友。比如陈蝶仙（笔名天虚我生）、陈定山和陈小翠一家三人，另外还有包天笑、沈禹钟、许指严、李涵秋、徐枕亚、袁寒云、范烟桥、刘公鲁等,大多是一批后来被定性为"鸳鸯蝴蝶派"作家和"遗老派"文人。当时年仅十七八岁、正在读大学的施蛰存(笔名施青萍)也是该杂志的撰稿人之一,主要撰写文言小说和笔记。《半月》杂志所刊登的文章内容极广,言情、社会和侦探小说、文史掌故笔记、翻译文章、时事、时尚和电影评论等无不涉猎。另还有插图,包括书画、印章、金石和名人照片等。该杂志于1925年11月停刊,共出版有四卷九十六期。

《半月》杂志的封面设计颇有新意,是周瘦鹃邀请当时以月份牌美人画而名噪一时的谢之光绘制每期的封面,所绘的是都市时尚美女,并用三色铜版纸彩色印刷。这是当时的其他杂志从来没有用过的,虽然印刷成本较高,但周瘦鹃为了吸引眼球,打开市场销路在所不惜。

施蛰存当时看到《半月》杂志第一至第十五期封面上的美女时装图后,颇为之吸引。也许是正处于青春幻想期的缘故,又或许是为了表现自己的文学才华,他以十五个词牌逐一题咏之,且每题皆无雷同,诸如《一斛珠》、《蝶恋花》、《醉花阴》、《巫山一段云》、《极相思》、《好儿女》、《步蟾宫》、《锦帐春》、《罗敷媚》、《减字木兰花》、《醉太平》、《步虚词》等。虽然施蛰存当年在填词上尚有较为明显的模仿古人的痕迹,但也显露了他在词学方面与其年龄不符的超常功力。施蛰存后将这十五首词寄给了主编周瘦鹃,竟然杳无消息,自己也就渐渐淡忘了此事。

其实,周瘦鹃在收到施蛰存的十五首词后,突然产生了一个精心的构想。他即邀请陈蝶仙之女陈小翠再续写题咏《半月》第十六期至二十四期封面上的时装美女图,拟题为《〈半月〉儿女词》。陈小翠也是该杂志的撰稿人,欣然从命,并以《洞仙歌》、《卖花声》、《浣溪沙》、《如梦令》、《菩萨蛮》、《鹧鸪天》等词牌和之。这些词后来大多收录于她的《翠楼吟草》卷六的《绿梦词》中。施蛰存填词是自学,陈小翠填词则有家学渊源,又极具天赋,且得到名家指点,所以在词境上要略胜施蛰存一筹。周瘦鹃在1922年1月的《半月》杂志周年号上发表了施、陈两人合写的《〈半月〉儿女词》二十四首,颇得老一辈人士或同道中人的佳誉，真可谓珠联璧合。施蛰存时年十七岁，陈小翠年近二十岁。

当时，施蛰存有一位表叔沈晓孙恰好在陈蝶仙创办的"家庭工业社"中任职，而陈小翠此时也在该社中兼任配料员之职。沈晓孙也读过《〈半月〉儿女词》，觉得这对小儿女颇有"文字因缘"，遂向老板陈蝶仙提亲，期望促成施、陈两人的姻缘。陈蝶仙对施蛰存的才华颇为欣赏，但他对陈小翠至为钟爱，提出要施蛰存亲自登门拜访。他或许想要进一步考察一下施蛰存的人品和学识。沈晓孙即带上陈小翠的照片回松江见过施蛰存父母。施父随即带上小翠照片到杭州的之江大学与施蛰存商讨小翠之事。施蛰存当时听罢此事，即以"自愧寒素，何敢仰托高门"为由，婉谢了这门婚事。一对"绝配"的才子、才女，就此错过了一段人世姻缘。其实，当年陈家还处于初创和原始积累时期，并未达到后来的"巨富"阶段。

直到 1964 年元月，施蛰存从郑逸梅处得知了陈小翠的住址，即于同月 20 日到陈小翠家中登门拜访，首次见到了四十二年前一起合写《〈半月〉儿女词》的作者。二人虽是初见，却不陌生，只是已历经沧桑，两鬓添霜。陈小翠在后来为施蛰存写的《题画》一诗中有句云："少年才梦满东南，卅载沧桑驹过隙。"真是感慨万千。施蛰存后来在《闲寂日记》的同日日记里写道："访陈小翠于其上海新村寓所，适吴青霞亦在，因得并识之。坐谈片刻即出，陈以《吟草》三册为赠。"这是两人定交之始。同月二十三日的日记云："读《翠楼吟草》，竟得十绝句，又书怀二绝，合十二绝句，待写好后寄赠陈小翠。此十二诗甚自赏，谓不让钱牧斋赠王玉映十绝句也。"

施蛰存《北山楼诗》中有此十二首绝句，题为《读〈翠楼吟草〉得十句殿以微枕二首赠小翠》。其中第十一首中有"儿女赓词旧有缘"之句，就是指当年两人合作写《〈半月〉儿女词》一事。从此之后，施蛰存与陈小翠再续了一段为时四年半左右的"文字因缘"，诗歌酬和，书画赠答，相知相赏。在那万马齐喑的年代里，他们以诗词书画进行心灵的交流，感受到了那种人世间少有的真挚情谊。后来陈小翠还将《翠楼吟草》四编嘱请施蛰存点定，并"引以为可与谈诗"者。后"文革"爆发,两人的交往戛然而止。1968年7月1日,陈小翠因不堪凌辱和迫害,在家中引煤气自尽。

1985年,施蛰存为了纪念和缅怀陈小翠,遂将两人当年发表的《〈半月〉儿女词》,以及两人后来的酬唱诗作,编录成一册《翠楼诗梦录》。施蛰存还撰文详细回顾了其与陈小翠的这段"文字因缘",并对陈小翠在文学方面的造诣予以了极高的评价。他请好友、著名诗人、词人周退密题写书名并赋词,同时又请著名诗人徐定戡和诗题字。20世纪80年代末,施蛰存将陈小翠生前赠送给他的两幅小品画作,委托香港的朋友印制成贺年卡寄赠朋友,并印有"纪念画史逝世二十年"的文字。他用自己独有的方式来纪念和缅怀这位才华横溢,却又命运多舛的女诗人、女画家。施蛰存生前一直想将《翠楼吟草》整理出版,但由于种种原因而未能如愿。他在后来出版的《北山楼诗》中特别附录了陈小翠的两首古风和诗:《大雪客至用东坡聚星堂诗韵奉和》、《人日大雪戏笔再呈蛰庵诗家》,均为1964年初所作。

陈小翠《采菱图》　　　　《云间语小录》书影

2000 年 5 月，施蛰存出版了《云间语小录》一书，
他特意在该书的封面上选用了一幅陈小翠的设色山
水小品。在枯林萧瑟、荒寒孤寂的画面上，有陈小翠
自题的一首五言小诗："落叶荒村急，寒星破屋明。
不眠因酒薄，开户觅秋声。"真别有一番深情寄托其
中也。

夏山楼主韩慎先

　　清光绪末年，在北京打磨厂一带有称为"打磨厂韩家"的世家。老一辈人皆知韩家原来是给皇帝看粮仓者，祖籍安徽。韩家有位韩麟阁（？—1929），人称"韩五爷"，曾做过吏部官员，喜碑帖书画，雅好京戏。闲暇之日时常出入琉璃厂书画古玩店，又与京剧名家谭鑫培交谊颇深。他经常领一脑后梳小辫儿童，即其独子韩慎先（字德寿，1897—1962），人皆呼为"韩小辫"，又因系韩家独子，故稍长之后即被称为"韩大爷"。辛亥革命后，韩家移居天津。韩慎先从小受家中风雅濡染，喜书画古玩，深嗜京戏。后拜京城梨园界京胡圣手、名票友、谭腔设计者四川宜宾人陈彦衡（1868—1933）为师，并与余叔岩、言菊朋同为陈氏三大弟子，专攻谭派须生，后以名票友身份蜚声南北。其拿手戏为"三子"，即《法场换子》、《桑园寄子》、《辕门斩子》，当时著名的百代公司曾为其发行唱片。

民国六年（1917）前后，韩慎先在琉璃厂书画店中，购得一幅元代王蒙绢本设色山水《夏山高隐图》轴。款署至正乙巳（1365）四月。高山大嶂，气势雄浑，层层深邃又层层推远，群树古松，林荫繁荟。村舍寺观，流泉相间，实中求虚，密而不塞，纯为董源、巨然一派山水皴法，是难得一见之王蒙绢本山水真迹。因此图未见历代书画鉴藏著录，又王蒙传世皆是纸本，故怀疑者甚众。韩独具慧眼，力排众疑，鉴为真迹，毅然以重金购藏，颜斋额曰"夏山楼"，并自号"夏山楼主"。梨园界即以"夏山楼主"称其艺名。张大千曾于1947年4月借临此图，后将之赠与红颜知己李秋君女士，这是其平生精心摹古作品之一。《夏山高隐图》今藏北京故宫博物院，属国家一级文物。据说在20世纪40年代末，此图从韩家莫名流失,竟不知所终。直到 60 年代初,当韩慎先在北京故宫博物院鉴定书画时又意外见到此图后,不禁连呼"奇缘"! 遂询问来历,院方人员也只知是高价收购得来,其他则一无所知。

从此韩慎先鉴定古书画之名,一时传遍南北古玩业。眼光、胆识颇为同辈所推许,有同道之友每得一件古代书画,皆携之韩家请为鉴定。他每在鉴定为伪作之后,却先不说穿,径自走到后院,取出自藏同一作者之另一作品,与伪作同时悬挂于壁上,让对方自行比对,他则从容落座等候藏家自行结论。过了些时间,藏家自己已经默认所买之书画确是赝品以后,他才一五一十为之指明,并从纸绢、笔法、题跋、印章、装裱诸方面加以分析。在鉴定家有较多书画藏品的前提下,此类鉴定方法确实能起到事半功倍之效果,非常具有可操作性,对造诣较浅者尤为适用。

韩慎先有一书画收藏之同道好友,两人年龄相近,鉴赏水平亦相当,可谓是在伯仲瑜亮之间。某日,有书画商送一幅明人仇英《烹茶图卷》至好友处,留下供其鉴定。如真迹则画价为三百大洋；如是赝品，原物退回即可。此图卷为设色绢本，有"仇实父制"署款及印章，笔墨绢质疑非近年之物，图上又有清初大收藏家安岐鉴藏印，应是"开门"之作，但查阅安岐《墨缘汇观》却未见著录。卷前引首纸上有文徵明行书题字，款曰嘉靖某年某月某日书于昆山舟中。查阅书籍，此是文氏七十岁时所书。但细鉴文氏书法，笔法书风又像又不像，与平时所见文氏书迹颇有异处，始终无法认定为文徵明真迹。又因明清两季苏州专诸巷伪制仇氏作品水平之高，海内闻名，故一时颇难鉴断。此图卷留书斋案头半月之后，最终还是退回给书画商人。

不久，好友闻知韩慎先新近收藏一卷仇英画、文徵明题字之书画精品，即匆匆赶往韩家。韩一见好友兴高采烈地说："给你看一件近日收得之好东西。"随即去后室书斋，取出一手卷出来。好友一见，心中暗叹："糟了，定是自己所遇那件。"在几案上展开一看，果然是自己退还的《烹茶图卷》，一问价格，已是五百大洋而非当初三百大洋了。而韩慎先仍是满口

"物超所值！物超所值！"好友只得苦笑道："此卷曾在我书桌上搁置有半月之久。"韩大惊，连问为何退回此图卷？好友即说明如何怀疑此卷的具体原因，并再次对文徵明书法表示可疑。韩听罢，哈哈大笑："文徵明已在引首跋语中清楚写明是在舟中所书，风浪颠簸，局促难安。所以书法与平日有异，何疑如此？"好友恍然大悟，后曾对同道中人说："此次教训，使我终生难忘。慎先鉴定水平确实高出我辈一等。"收藏界有人曰："鉴伪易，鉴真难。"此言不虚。

20世纪30年代，韩慎先移居天津，在英租界达文波路开设达文斋古玩店，主营书画瓷器。并聘请北京琉璃厂原闻光阁经理王幼田、蕴古斋经理刘竹坡帮着经营打理，而自己除仍收藏书画之外，还以名票友身份活跃于京津沪戏曲舞台。时天津乃北方军阀、商宦麇集之地，其中有一渠姓人家，是山西官宦之后，与韩家和天津翁之熹家是亲戚。清末年间，有一渠家的世交，因做官亏空库银，遂向渠家借了一笔银两填补，了清债务。事后送了许多字画给渠家作为酬谢。此渠家少爷不太懂书画鉴赏。平日渠家经常拿出其中几幅字画悬挂于厅堂,而该批书画真精居多,从明初沈、文、唐、仇到清初"四王"、吴、恽,相当齐全,但每家不过一两张精品。渠氏也曾请韩慎先鉴定,韩说有如此一份较完整之明清书画收藏颇为不易,且其中精品极多,劝他应该珍惜,勿轻易流失。

不久,北京琉璃厂一画商,亦闻风到渠家走动,看见如此藏品,极口称赏。并怂恿他将藏品中重复之作换为藏品中缺少之其他名家之作,如仇英有两幅,留一张即可,不妨与人交换一张其他名家作品,只需另贴少些钱款即可换一张明初名画家刘珏精品。渠氏竟为之心动,又思所费不多,欣然答应。如此不到半年时间,渠家所藏已有一半被换成伪劣赝品。后来韩慎先去渠家拜年,见之即言其中有诈。但渠氏偏信画商之言,说换出之画绝不可给韩慎先过目,否则必将被其留下收藏。韩无奈之余,长叹而去。

又半年时间左右,渠家所藏书画精品已乎全被换成琉璃厂仿古精品。渠氏每次换得所谓名家书画精品后,亦先送韩慎先家中让其鉴赏过目。韩无言以对,只得敷衍了事。此后再不许那个画商登门。京津同道中人得知后,亦曾经说过:真正的收藏家与书画奸商实有天壤之别。

·"七七事变"后,日本人占领天津。韩慎先将达文斋关闭歇业,自己则闭门不出,以明志节,在此期间陆续变卖自己的部分藏品,其中较为著名的有苏轼《功甫帖》、米芾《章侯茂异帖》(又名《恶札帖》)、《道祖帖》等,见张珩《张葱玉日记》)、被誉为传世第二宋拓本的《九成宫》(韩麟阁旧藏,后归朱文钧收藏,今藏北京故宫博物院,见朱翼庵《欧斋石墨题跋》);另有雍正官窑粉彩过枝碧桃盘(陈重远《古玩谈旧闻》)。

建国之初,韩慎先曾在萧条的古玩市场上,以独具之眼力,微薄之财力,购得不少珍贵文物,悉数捐赠于京津两地的博物馆。后经好友梅兰芳推荐,到天津文化局任顾问,后筹建天津艺术博物馆,并担任副馆长。1962年经国务院正式批准,文化部国家文物管理局成立"古代书画鉴定小组",并聘请北京张珩、上海谢稚柳、天津韩慎先三人为组员。在三人之中,韩慎先对北方地区公私收藏古书画的情况最为熟悉,故对文博机构藏品的真伪鉴定有关键作用。其实,韩慎先还精擅瓷器、铜器和文玩杂项的鉴定。同年4月底,三人奉命在北京集合,准备前往东北三省和天津等地鉴定文博机构所藏的古代书画。不料5月1日下午,韩慎先在北京饭店突发脑溢血逝世,享年六十五岁。韩慎先曾想将平生所鉴赏过的古书画,著录为《夏山楼画鉴》,惜因突然辞世而未能如愿。

有关方面随即成立"韩慎先先生治丧委员会",时任文化部副部长的齐燕铭出任治丧委员会主任,报纸上刊登了《讣告》,并于1962年5月6日上午10时在北京嘉兴寺举行追悼会。治丧委员会成员包括中央、北京和天津的政府官员,如康生、万晓塘、王冶秋、龙潜、吴仲超等;文博机构官员和书画鉴定界同行,如周叔弢、张珩、谢稚柳等;韩慎先在京剧界的至交好友或家属,如马彦祥、姚玉芙、姜妙香、梅葆玖、许姬传、杨宝忠等。其中王冶秋是国家文物管理局局长,吴仲超是北京故宫博物院院长兼党委书记,龙潜是中国历史博物馆馆长,万晓塘是天津市市委书记。在当时的政治背景下,"韩慎先治丧委员会"的级别确实不低,据说当时是按相当于市委书记级别的指示来承办的。

北京嘉兴寺坐落于原西皇城根(今平安大道)路北一带,始建于明弘治十六年(1503),寺中方丈院有数十盆名种荷花,与崇效寺的牡丹名闻京城。嘉兴寺后有一块果园子,经常被富豪、名门和外省籍官宦人家用作停灵暂厝之处,后来就逐渐变成了承办丧事的寺庙。到清末民国年间,正式形成了殡仪馆性质的场所,与贤良寺、法源寺、陶然亭(三圣庵)的寺院殡仪馆齐名。著名的文化名人如刘半农、沈兼士、朱自清、齐白石、梅兰芳、陈垣等人都曾在嘉兴寺举行过停灵治丧活动。所以"韩慎先治丧委员会"将追悼会放在嘉兴寺举行应该是别有深意的。

灵堂的韩慎先遗像前所放置的花篮,并非韩家的直系亲属,而是曹士英和王慧贞两位韩门女弟子的。曹士英是曹锟之女,与韩慎先长女韩睿厚是同窗好友,喜欢老生唱段,经常到韩家听戏学戏,遂成

韩慎先去世后刊登在《人民日报》
（1962 年 5 月 1 日）上的讣告

为韩慎先的学生，但并未举行过拜门仪式。王慧贞
是一位非常优秀的女老生，也可以说是韩慎先唯一
的嫡传弟子。20 世纪 50 年代末，由韩慎先推荐到南
京艺校（戏校）任教。可惜在"文革"初期因不堪凌辱
而自杀身亡。韩慎先生前视曹、王两人如同家人，感
情至深。当天的追悼会由齐燕铭主持并读悼词，治

丧委员会成员和亲朋好友均依序立于嘉兴寺的庭院中。可惜齐燕铭的那份悼词没有保存下来,否则将是研究韩慎先生平的一份重要史料。韩家家属代表、韩慎先幼子吴空(本名韩弼厚)作答谢辞。许姬传、许源来兄弟两人同撰挽联云:"宜勤晚岁,努力明时,才华展,贡献多,那堪一病归去,志事未完人共悼;集古精心,高歌中律,好尚同,切磋久,痛忆卅年结契,死生永诀涕难收。"

韩慎先逝世后,张珩、刘九庵(顶替韩慎先)和谢稚柳三人从北京出发,经天津、哈尔滨、长春、沈阳、旅顺、大连,往返半年时间,先后鉴定古代书画万余件,时称"三人鉴定小组"。因张珩时任国家文物局文物处副处长,故任组长。后来谢稚柳为此写有《北行所见书画琐记》一文。不料次年,张珩又因突发急性肝病而逝世,年仅四十九岁。中国大陆第一次古代书画的普查和鉴定工作遽然终止,半途而废。韩慎先和张珩两人先后突然辞世,真可谓"出师未捷身先死,长使英雄泪满襟",令后人唏嘘难言也。

朱省斋鉴藏轶事

　　1949 年前后,中国大陆内战正酣,烽燧弥天,时局动荡难测。许多政要、富商、文化人士以及收藏家等纷纷从内地避居香港,观察政局变化从而决定自己的去留,其中许多人随身携带了自己毕生的收藏或祖传的文物。由于经济方面的因素,20 世纪 50 年代,香港市面上有许多传世文物和书画名迹流转。大陆、日本和欧美的私人藏家或公立收藏机构均闻风而动,麇集香港,竞相购藏。这使得香港这个"文化沙漠"一时成为中国古代书画流通和转口的交易中心。一些留居在港的收藏家和古董商人均参与其中,像张大千、王南屏、谭敬、陈仁涛、朱省斋、徐伯

朱省斋画像
（黄永玉画）

郊、王文伯、黄般若、周游等人，或买或卖，云烟过眼，
风生水起，他们见证了一段中国文物在海外或流失
或回归的历史沧桑。

1949 年前后，朱朴携家人离开大陆，避居于香港
沙田，从事书画鉴藏和书画买卖，并开始改用"朱省
斋"的别名。由于朱省斋曾出任过汪伪政府的高官，

又曾主编过著名的文史杂志《古今》，加之出身于书画世家，精于鉴赏，所以他在当时的香港收藏界中颇具人脉渊源，也与大陆的文物机构和日、美公私藏家关系甚密，也因此见证了许多中国书画名迹的流转海外或回归大陆的经过。朱省斋是一个学者型的鉴藏家和书画商人，他先后撰写和出版了五本有关书画鉴赏方面的书籍：《省斋读画记》、《海外所见中国名画录》、《画人画事》、《艺苑谈往》和《书画随笔》。

鉴定是辨别真伪，鉴赏是品评优劣。一个真正的鉴藏家应该是鉴定和鉴赏两兼者，否则就是一个徒有虚名的"好事家"。对那些能够熟练地辨别艺术品的真伪，并对某一门类的艺术品有着精深知识的人士，我们称之为鉴定家。鉴定真伪是一个书画商人和收藏家必须具备的技能，它既要有天赋，更需要长期的经验和知识的积累。在现当代的鉴藏界，能够鉴定出张大千"高仿"的石涛作品真伪者极其稀少。张大千在仿制其他古人作品时，有时会有一丝"破绽"显露。而他"高仿"的石涛作品，几无"破绽"可寻，用肉眼几乎无法鉴定真伪。所以现当代诸多鉴藏名家都无不在张大千"高仿"的石涛面前"走眼"，这倒不是说那些鉴藏家们"无能"，实在是张大千的"高仿"作品已达到了"登峰造极"的水平，真可谓是"前无古人，后无来者"。

朱省斋精擅明清书画鉴定，尤喜文人书画收藏。他对张大千早年伪制的石涛画作能鉴别真伪，这在当时的鉴赏家和收藏家中实属凤毛麟角。1952 年 2 月，朱省斋在画家、美术评论家和书画商人黄般若的书画店里，购得一幅石涛《探梅联句图》轴，黄般若鉴定为石涛真迹，而朱省斋从笔墨、印色、题跋和纸缣等方面断为是张大千早年的"高仿"。他后来就携此图请张大千鉴定，并明确告诉张大千，此图是其早年的仿作。张大千展卷一看，果不其然，遂在画上题跋云："有人携此卷求售，省斋道兄一展阅便定为余少时狡狯，且为购之。一发猿臂之矢，遂中鱼目之珠，敢不拜服。辛卯二月同客香港，大千张爰。"许多鉴藏家都曾因此被张大千所哂笑，朱省斋是第一个令他"拜服"之人。

在鉴藏界历来就有所谓"捡漏"或"吃仙丹"的传

奇故事，即以较廉的价格收到价值巨大的物品，或一举成名，或一夜暴富，由此改变人生。但这取决于一个人平时炼就的"好眼力"和临场的当机立断。朱省斋有一种与生俱来的"好眼力"，也弥补了他在资金方面的不足。朱省斋购买马公显《春郊骞策图》的故事，就堪称是"捡漏"传奇。马公显是宋代山西河中（今山西永济）人，宣和年间画院待诏，工人物、山水、鸟兽，堪称一代名画家。他的弟弟马世荣，是"南宋四大家"之一马远的父亲、名画家马麟的祖父，马氏一门堪与元代赵孟𬤇家族、明代文徵明家族相媲美。但马公显存世真迹几无，日本京都南禅寺收藏的《药山李翱问答图》轴（图上无款印），虽是被日本政府定为"国宝"，也仅能以"传"或"款"定之。

某年秋天，朱省斋在日本东京上野的一家小古董铺里，见一大堆杂画中有一小木盒，盒上写"马乘人物马公显笔"的字样，里面还有一个署名"常信"题签和另一印章为"荣信"的题签。打开画幅一看，绢本水墨，虽已色黯底浅，而满幅灵气氤氲，神采飞动。图绘五个高士骑驴出游，一童子作伏地拜送状。画面上另有垂柳数枝,临风摇曳。此图上有"公显"两字朱文方印。如果你不熟悉两宋绘画史,不熟悉宋绢和宋人笔墨特性,仅凭盒上的题签,你是绝不会将它视之为马公显真迹的。朱省斋却有此"好眼力",此时已知今天定要"捡漏"和"吃仙丹"了。他当时有些神经紧张和惊心动魄了,就急忙问价,唯恐有失,竟不还价,一口答应下来。倾其随身所有现金,尚缺口很大,就急用电话联络朋友筹钱,其中有两位朋友帮他筹借到所需余款。款清之后朱省斋携画迅速离去。他后来在文章里回忆道:"我得到了好像中了头奖似的,兴奋痛快,几近疯狂,当晚就请那两位朋友到我寓中狂歌痛饮,顷刻间尽了十瓶啤酒。"此图堪称"名画",所以朱氏一反常规而显露失态之举,应该可以理解。

翌日,张大千闻知此事之后,连忙冒雨前来观赏此画。他一面连声叫好,一面祝贺朱省斋得此宋画绝品,欣然挥毫为此图作长跋,并考定"公显"印是宋人"水印",确然可信;认为"常信"和"荣信"均为康熙时"海东名画家",两人是师徒关系。张大千又认为原题"马乘人物图"与画的内容略有不符,并为之重新题名为"春郊塞策图"。像这样的"捡漏"的传奇,也只有可能发生在像朱省斋这类既懂鉴赏又从事书画买卖的人身上,而不可能会发生在像张大千那样的收藏"豪客"身上,因为朱省斋既有"好眼力",又勤于四处"寻宝"。

朱省斋曾经一再说过:"赏鉴是一件难事,而书画的赏鉴则尤是难事之难事,应该是万古不磨之论。"书画鉴赏之所以难,是因为它涉及作品以外的相关知识非常广博,并且难以做到事无巨细的传授,即使是一流的鉴赏家也无法真正做到万无一失。曾被朱省斋批评为鉴赏眼力不精的有古文字学家董作宾、瑞典研究中国绘画史著名学者喜龙仁、日本著名鉴赏家长尾甲、著名收藏家住友宽一等人。朱省斋认为中国古代可称为名副其实的鉴赏家有宋代米芾、明代董其昌、清代安岐,而当代数一数二的鉴赏家有张大千、张珩、吴湖帆、叶恭绰等人。

世界上从来就没有不"走眼"的鉴藏家,有"吃仙丹"也必会有"吃药"的时候。朱省斋也曾经有过一次"走眼"的故事：他曾以自藏明代画家姚公绶的《都门别意图卷》真迹，与一收藏家交换文徵明的《关山积雪图卷》。此《关山积雪图卷》上有文氏自题小楷长跋，系赠著名书法家王宠之作，历时五年始成。拖尾纸上还有董其昌和晚清沈韵初二跋，实文徵明此画与题跋皆伪。因为此画真迹入清后一直收藏于清宫内府，并著录于《石渠宝笈续编·养心殿》，后藏台北故宫博物院。从朱省斋的有关鉴赏文章中可知，他应该有《石渠宝笈》一书，但不知为何当时没有去检阅，竟然以真画交换假画，令人匪夷所思。此事诚如他一再所言的那样"书画赏鉴不易"。

朱省斋的书画鉴藏理念是："赏鉴家不仅要闻见之广和学识之博而已，最重要的是还要是特具'襟怀'。我最佩服柯敬仲（元代鉴赏家、书画家柯九思）的一句话：'看画乃士大夫适兴寄意而已。'还有，米元章也说得极为透彻，在他的《画史》有曰：'今人收一物，与性命俱，大可笑。人生适目之事，看久即厌，时易新玩，两适其欲，乃是达者。'"适兴寄意的鉴赏境界，说说容易，但要真正做到却绝非易事。我们从朱省斋的书画赏鉴文章里看，他可以说是基本上做到了。他曾购藏一件八大山人《醉翁吟琴操书卷》，原为张大千恩师曾熙旧藏之物，后归大风堂珍藏。张大千早年因帮朋友筹款办学而将此书卷与另一幅八大山人画卷赠之。友人将此两卷书画抵押给王一亭，却因故未能赎回。张大千三十余年难以忘怀。朱省斋知此书卷的递传经过后，慷慨将书卷无偿寄赠给已经移居南美的张大千，张大千感激之情可想而知。有一种物归所好、聚散得失不惊、过眼即为我有的境界。如此鉴藏境界，在现代诸多的鉴藏家中，也仅叶恭绰、张大千、张珩等数人有之。

中国的书画著录书籍自从明人朱存理开始，将作品上的题跋文字记录下来，这一撰写方式无疑具有一种革命性的创举。清初卞永誉的《式古堂书画汇考》又有了一个撰写体例上的飞跃，他将作品的质地、形式、题跋，甚至将画上或画外的印章，全部做了详细的著录，一改过去文人士大夫粗疏简略的著录方式。虽然在他之前也有人记录过作品上的印鉴，但是少有像卞氏那样的有意和用心。这使得书画著录能够成为后来考证流传和鉴定真伪的重要依据之一，也使得中国书画著录的优秀撰写体例基本确定下来。在朱省斋的书画鉴赏文章中，也有许多的书画著录文章，比如《董北苑〈潇湘图〉始末记》、《顾闳中〈韩熙载夜宴图〉的故事》、《黄山谷伏波神祠诗书卷》、《名迹缤纷录》、《唐贤首国师致新罗义想法师书卷》、《赵氏三世人马图》、《赵孟坚梅竹谱诗书卷》、《唐韩滉五牛图卷》、《沈石田送吴匏庵行卷》等，就是其中的代表作。

朱省斋撰写此类文章的体例，也基本上延续了优秀的传统著录方法，除详尽记录作品内容和作品上的诗文题跋之外，还最大可能地弄清楚这件作品的前世今生。有时还记录是在何时、何地、何人处见到此件作品，而在此之前，又是从何人处以何种方法购藏的，以及当时的交易价格。因为艺术品的递藏非常注重它的"身份"（档案）或藏品出处，也就是它是否"流传有绪"（身世清晰），而过去的书画著录家往往忽略了这一点。从某种意义上说，朱省斋所撰写的鉴藏古代书画作品的文章的参考价值并不在吴湖帆《吴氏书画记》、叶恭绰《遐庵清秘录》、张伯驹《丛碧书画录》等名著之下，而且这种价值在今天正在日益显现出来。

如果将朱省斋定位在一个书画商人和鉴藏家的身份，他的博学多识，勤于研究和著述，堪称是当年香港地区书画商和鉴藏家第一人。受当时客观条件的限制，他的某些文章在个别的史料细节上稍有"瑕疵"和"谬误"，但总体而言瑕不掩瑜。他之所以能够在当年的香港、日本、欧美和中国大陆享有盛名，并不是他的藏品珍富或财力雄厚，而是他独到的鉴赏文章和精准的好眼力。他一生鉴赏和经手的古今书画无数，失误或"走眼"的比例极低，这的确是非常不易。他似乎具有一种"用志不分，乃凝于神"的境界，真令人刮目相看，即使是与民国年间的北京琉璃厂、上海广东路一批著名书画商人相比亦毫不逊色。所以，在近年来的国内外拍卖市场上，凡是有朱省斋曾经收藏或著录过的书画作品，不论古今，皆能受市场追捧而拍出善价，这或许也是后人对他鉴赏水平的一种认可吧。

金匮室主陈仁涛

我第一次知道香港收藏家陈仁涛的名字，是在杨仁恺《国宝沉浮录：故宫散佚书画见闻考略》一书中，但当时并没有特别的留意他，仅知道陈仁涛是香港一个著名的古画收藏家。近年来由于研习书画鉴藏史，也开始关注香港地区的书画收藏史。20世纪的50年代前后，香港其实是全球最大的中国文物"中转站"，它见证了一段中国文物回归和流失的历史。陈仁涛当年出版过多种有关书画的书籍：《金匮论画》、《故宫已佚书画目校注》、《金匮藏画集》、《金匮藏画评释》、《中国画坛的南宗三祖》等，但国内能够读到上述书籍之人极少，就连杨仁恺应该也没有读过。我曾读过陈仁涛的两本著作:《金匮论画》(香港统营公司 1956 年初版)、《故宫已佚书画目校注》(香港统营公司 1956 年初版)。读其书,不知其人可乎? 我遂开始想了解陈仁涛其人其事。

在没有资料的情况下,就只能到网上去搜索。但没有想到,有关陈仁涛的资料极少,而且还常常错乱百出,难以采信。从有限的资料里,可以大致上整理出一点陈仁涛的生平事迹。陈仁涛出生于 1906 年,浙江镇海人。他的祖辈曾是上海著名的杨庆和银楼四大股东之一,陈仁涛后来曾担任过该银楼的经理。1935 年左右银楼倒闭。陈仁涛还另外开设有上海永兴房地产公司。1946 年移居香港。卒于 1968 年,另有一说是卒于 50 年代末。杨仁恺《国宝沉浮录》中说陈仁涛:"在抗日战争胜利初,曾在东北出任过铁路局长。"笔者没有发现这方面的资料,应属误记。

其实陈仁涛不仅仅是书画收藏家,还是一个古钱币收藏大家。他因藏有西汉王莽时期(9—23 年)的一枚"国宝金匮直万"的古币,因名斋号曰金匮室。

此钱币由两部分组成,上部圆形方孔,篆书"国宝金匮"四字;下部为一铲形,篆书"直万"二字。此钱币造型奇特,据说存世仅有两枚。清初著名藏书家钱曾易黄金千两而得,被世人誉为"古泉中之尤物",堪称国宝。1934年,天津著名古钱币收藏大家方若(1869—1955)将所藏的全部古钱币以十万元的价格转让给了陈仁涛,使得他成为当时一流的古钱币收藏大家。20世纪50年代初,大陆文物部门以八十万港币的价格,收购了陈仁涛1700余枚古钱币,其中就包括"国宝金匮直万",后入藏中国历史博物馆。

关于陈仁涛的古画收藏,他曾经在《读画随笔》(《金匮论画》)一文里有简短的叙述:"余收藏古物,始于癸酉之岁,然多留意金石,希及书画。加之,其时宋元名迹,多在故宫;南中名家如狄平子、庞莱臣、张葱玉等又皆争驱竞爽,经营有年;而欧、美、日本挟其资力,竞争尤烈;既问津之莫从,遂移情而别属;势则然。及丙戌旅港,时事多艰,东北故宫之物,世家珍藏之宝,一时麇集岛上。二三年间,余所得董源、

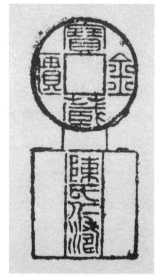

"国宝金匮直万"古金币与"金匮宝藏陈氏仁涛"藏印

巨然、刘道士、孙知微等巨迹,下至历代杰构,并皆希世之瑰宝,前人一生瘰痮求之所不可必得更不能毕得者,乃以天时地利之故,皆先后并萃于金匮,洵幸事而亦盛事也。"癸酉即1933年,丙戌即1946年。怪不得在1950年以前的上海古书画收藏界里,极少看到有陈仁涛的名字,原来他是在1946年移居香港以后才开始古画收藏的,而他早年仅收藏碑帖和古钱币。

陈仁涛在《读画随笔》一文里还谈了他的古书画收藏规格:"余之收藏,规格凡五:一曰名迹之不见于著录而本身开门见山,识者千口一辞为真迹无疑者;二曰稀见著录而绝未见于图册者;三曰无款而风格可确指谁某者;四曰有款而实非原作,且可确指为某者;五曰大家代表之作足显示其风格,或出奇之作足突破其风格者。"他的五个"规格"不无混乱或自相矛盾之处。如果"千口一辞"都说是真迹,那就收藏。难道就不用自己作鉴定? 不见著录和图册,是恐怕有以此仿作赝制。无款又可指认为某家之作,而有款又非某家之作,两者难以理解,难道是指代笔之作? 难道就不会出现仿作?"足显示其风格"又"突破其风格者",如果一个画家只有一件作品传世,那么如何才能确定是"足显示其风格"又"突破其风格者"呢? 这样的古书画收藏"规则",必是需要大量的资金,因为"千口一辞为真迹无疑者"必然价昂,而所谓的有款和无款之说又难免会购入仿作赝品。

朱省斋在《省斋读画记》一书中记载,陈仁涛以元人方从义《武夷放棹图》(今藏北京故宫博物院)与张大千交换一幅疑似是巨然的作品。而《武夷放棹图》恰恰就是"千口一辞为真迹无疑者",也是一件堪称国宝级的名作。陈仁涛作为一个"久经沙场"之人,也不稍微动脑筋想一想,当时香港"玩"古书画的人中,有几个人"玩"得过张大千?另外,哪里会有以五代画与人交换一件元代画,世上何来如此便宜的"好事"?如果确有此事,那陈仁涛实属"走宝"。

陈仁涛曾以重金购藏有董源的两幅"名作":《秋山行旅图》、《溪山雪霁图》。其实上述两件董源作品都是"存疑"或"传"之作,也没有所谓是"千口一辞为真迹无疑者"。傅申曾说《秋山行旅图》是张大千的伪作(《解读〈溪岸图〉》,上海书画出版社2003年版)。另外,陈仁涛收藏的巨然两件"名作"《溪山兰若图》(今藏美国克利夫兰博物馆)和《江山晚兴图卷》(张大千旧藏,现藏处不详)亦是"传"、"仿"之作,并非如他"五规格"中所说的"不见于著录而本身开门见山"。《溪山兰若图》,何惠鉴和傅申两人都断代是北宋末、南宋初的作品(方闻《心印:中国书画风格与结构分析研究》)。

如果陈仁涛重金收藏的都是一些有"存疑"的古代绘画,或是他没有收藏过多件清宫旧藏的绘画作品,那我可能不会去关注此人或阅读他的著作。因为像这样的鉴藏家,就如清人吴修在《清霞馆论画绝句》中所说的"不为传名定爱钱",实属是"伪鉴藏家"或"好事家",只会徒添一段书画收藏史的笑谈而已。陈仁涛为了古画收藏,确实是下过苦功夫的,他除了阅读大量的书画著录和图录之外,还特意学习绘画。他也的确收藏有几件"不见于著录而本身开门见山"的名作真迹,比如宋代刘道士《湖山清晓图》(今藏纽约大都会博物馆)、宋徽宗《金英秋禽图卷》(英国私人收藏)、金代"太古逸民"《江山行旅图卷》(今藏美国纳尔逊·阿特金斯博物馆)等。陈仁涛一直将"太古逸民"款《江山行旅图卷》认定为是北宋画家孙知微(号太古)的作品,因为此图卷末明人吴宽跋是伪作,而正是此伪跋将"太古逸民"定为孙知微,故《石渠宝笈初编》也沿袭此说。可惜陈仁涛盲目轻信了古人的鉴定,也陷入了自己设定的"五规格"的怪圈之中。有关"太古逸民"的考证,可参阅《傅熹年书画鉴定集》(河南美术出版社 1999 年版)中的《访美所见中国古代名画札记》一文,此不赘述。

陈仁涛在《读画随笔》的《鉴别今胜于古》一则中说过:"论鉴别则今胜于古,何也?古人限于时地,名迹多藏帝室,今人既得浏览古人之著录,复得实物图册相比证,如故宫所藏历次展览及影印,东北散出之名迹以及欧、美、日本之图影皆是。目验既多,真伪自判,古人无此眼福也。"(《金匮论画》)陈仁涛的上述说法并没有错,虽然在今天看来不过是鉴定的普通"常识"而已,但我仍要转述他的观点,因为我们今天所拥有的这些信息的确远远超过前人,所以也并无多少可值得自夸的。中国书画鉴定学如果想成为一门令人尊敬的人文学科,除了信息和天赋之外,最重要的还有鉴定家的人品问题。否则性贪情狡,心迷眼乱,谈何鉴定?

1925 年 7 月,"清室善后委员会"(故宫博物院前身)在清宫养心殿等处点查文物时,发现逊帝溥仪以赏赐溥杰和"诸位大人"之名目,行盗运出宫大量书画、古籍和珍玩的文献之实,遂在 1926 年 6 月编成出版了《故宫已佚书籍书画目》,后又出版《故宫已佚书画目录》四种一册。仅"赏溥杰单"中所载,就有一千余件历代书画名迹被盗出宫外。为了盗运方便和隐蔽,这批书画名迹多为手卷,有些引首和拖尾还经过了裁割。详情可参阅原台北故宫博物院副院长庄严先生的《前生造定故宫缘》(紫禁城出版社 2006 年版)一书。

这批被溥仪盗运出宫的书画、珍玩等文物,后来又运至长春伪满洲国皇宫。抗日战争结束后,大量流向民间,当时古董界称之为"东北货"。海内外收藏家纷纷以重金收藏这些古书画,陈仁涛亦是其中之一。他在《读画随笔》的《名迹浩劫》一则中说:"乙酉俄军入满洲,溥仪被掳,所藏书画数千件,一时散出。当时兵火混乱,有持以易饼充饥者,有畏罪烧去者,有用以拭几包物者,有用作燃料以烹茶煮饭者。散失毁灭,几过半数,诚浩劫也。迨局面稍定,识者渐渐收集入关,得善价,消息传播,人多知其事。北平密迩满洲,古玩商乃纠众集资,竞购争收,各有所得。惜余已于丙戌来港，失此大好机会。然北苑《溪山雪霁卷》、孙太古《江山行旅卷》、徐幼文《吴兴清远卷》、姚公绶《梅花》、沈石田《大夫松》亦皆此中物，得分一脔。名画价值，因之骤落。旧藏出让，亦大便宜。三四年后，始复常态。昔年宋元名迹，一生未尝得见者，今得时时欣赏抚玩于几案间，则此浩劫之赐欤！"

从上述文字可知，陈仁涛收藏清宫已佚绘画是在 1946 年定居香港以后，所以杨仁恺《国宝沉浮录》中说："香港陈仁涛先生，在抗战胜利初，曾在东北出任过铁路局长，对古代书画，亦具鉴赏兴趣，正逢长春伪宫流散出《佚目》的书画，在当时的文物商铺公开出售，他于是有机会和'东北货'有所接触，难免对见到的而且符合心意的作品购进一点。"确是误传。

根据《故宫已佚书画目校注》（以下简称《校注》）中所记，陈仁涛购藏的清宫旧藏古画除上述以外，还有吴彬《十六应真图卷》，张若霭《岁寒三友图卷》，黄筌《梨花山鹊图》、宋人《寒泽渔隐图》、《云烟集绘》第四册，董其昌《荆溪招隐图卷》（今为翁万戈收藏），张若霭、张若澄《合写山水四条屏》等。杨仁恺在《国宝沉浮录》中说陈氏曾收藏宋徽宗《金英秋禽图卷》(今英国私人收藏),在《校注》中标注的藏处为"英国",究竟是谁将此图卖给英国人的?《省斋读画记》中说陈仁涛曾藏有方从义《武夷放棹图》,后与张大千交换一幅巨然作品。但在《校注》中却记:"现为香港徐氏所有,闻不久将流入国内。"香港徐氏应该就是当年大陆文物部门在香港的代理人徐伯郊。徐先生手里保存有许多当年大陆文物部门在香港购买文物的来往资料,可惜至今尚未"解密"。所以不知张大千收藏的《武夷放棹图》,后来如何到了徐伯郊手里,又最后归北京故宫博物院收藏?

陈仁涛在《鉴别之难》一文中云:"鉴别古物,以书最难,画次之,瓷又次之,金石最易。习之既久,数尺外可辨真伪。惟字画一门,虽历代大家亦有失眼时,何况以耳代目寻常好事之徒乎?然亦不必因此灰心,徐究其理,惕踏前失可矣。余为此亲习绘画,以察个中甘苦,则为助良多。"平心而论,如说陈仁涛是一个"好事家",当属过情苛论,他是一个刻苦好学和勤于著述的鉴藏家。他之所以未能成为一流的古书画鉴藏大家，或许是由于信息和天赋所限吧？

陈仁涛在 1946 年移居香港之后才开始收藏古书画，但极少有他当年与香港的书画商人或收藏家交往的资料。他的古书画藏品，后来大多卖给了欧美的私人收藏家或博物馆，有些名迹被北京故宫博物院收藏。近年有部分藏品出现在国内的拍卖市场。在当今的收藏界，如果一个藏家能够将藏品持有二十年左右，那就已经可以称为是一个"奇迹"了。

朱季海与邓以蛰

国学家朱季海（1916—2011）与美学家、书法家、鉴藏家邓以蛰（字叔存，1892—1973）应该是两个不会有"交集"的人。朱生活在苏州，邓定居于北京，两人年龄相差二十四五岁，在学术上亦非同道中人。由于两人在书画鉴赏方面的共同爱好，曾有过一次短暂的会见。1965年朱季海到北京访友，他在著名历史学家向达（1900—1966）的引见下，曾到过北京大学的朗润园与邓以蛰面晤。朱季海为什么要托向达引见去拜访邓以蛰呢？

朱季海后来在《朗润园读画记》（1984年）一文中写道："挽近画流多向往八大、石涛及扬州诸家，'四王'、吴、恽已经门庭冷落,元画就更少问津了。至于以毕生之好聚于元画,讲求之精,收藏之富,就我平生所见,当推邓叔存为最。"而朱季海之所以要托向达引见到朗润园拜访邓以蛰,因为他知道邓以蛰收藏有一件元代画家曹知白(号云西,1272—1355)的画。朱季海后来回忆道:"当时我只知道他藏有曹云西的画,我提出的要求也仅限于这张元画。谁知主人听了,却笑着说所藏元画很多,可以慢慢地看。说着,他就一件件拿出来,有立轴、有手卷,除了曹知白,大痴、山樵、云林全有,还有一些其他画家和无款作品,也很精妙。"

曹知白是元代著名的李郭派(李成、郭熙)画家,擅长寒林、雪景山水,萧疏宽旷。曹氏今传世作品有三十三件,国内博物馆收藏有七件,在传世作品中仅有四五件是较为可靠之作,分别收藏于北京故宫博物院和台北故宫博物院。但可惜邓以蛰所藏的曹知白之画,名称、著录和藏处等均已不详。邓以蛰是清代篆刻巨匠邓石如的五世孙,他的部分藏品为祖传(如邓石如作品),更多的是他自己历年购藏。可惜没有著录传世,仅有一篇《辛巳病余录》(1941年)流传,著录唐、元、明写经、拓本和绘画十一件,其中有钱选《桃花源图》卷,无款《十指钟馗图》轴,无款《元女授经图》轴,黄潛《临夏珪春山归隐图》卷、《浅绛山水》卷,徐贲《仿巨然山水》卷,倪瓒《湖阴山色图》轴,陆广《仿董源山水图》轴等。

邓以蛰不仅收藏名家之作,而且非常注重无款佚名画家之作,独具慧眼,学识超群。他虽非民国年间鉴藏大家,但绝对是学者中的鉴藏第一人,他的考鉴功力也是一流的。中国鉴藏史上有一个非常奇特的现象,有些人似乎天生就是鉴赏家或鉴定家,与家族遗传、学识学历、社会地位和经济条件等没有必然的关联。邓以蛰似乎是一个前世缘定的鉴藏家。我近年在拍卖市场中,偶然见到过一二件邓先生旧藏,不禁肃立鉴赏,久久不忍移目。

当年朱季海在邓以蛰家中看画,从下午三时半一直看到晚上六七点钟。主人见已经暮色苍茫,遂执意留饭。饭毕再继续看画,一直到九点半还余兴未已。最后,邓以蛰又拿出两幅立轴,一幅是明人王绽的山水,一幅是佚名米家山水。朱季海后在文章里说:"保存完好,光洁如新,笔精墨妙,轻灵秀润,观其用心,出入王蒙、倪瓒之间,而又不主一家,自辟蹊径,其造微乃尔。另一个小幅是米笔山水,他自己也并不认为是真米笔,要我帮他看一下。这是一幅细笔少皴的山水,并非寻常的水墨淋漓的米法。笔墨轻淡,细笔干皴,画法似宗营丘,虽不知到底出于何人,却是画得很好。"朱季海在《画禅新语》中还记述鉴赏过一幅晚明顾仲方临黄公望坡石长卷:"凡若干段,如画稿然,落笔遒逸,气息醇厚,墨笔内敛,位置妥帖,香光有不能到。如董题顾乃专攻元画,于四家无所不习,而于大痴尤深。巧者不过习者之门,香光时薄习者,宜其口能言而笔不随矣。"董其昌"书深画浅",所以在绘画或鉴赏方面时常有"英雄欺人"之语,故朱季海评其"口能言而笔不随",确是的论。

朱季海与邓以蛰两个远隔千里之人,由于对书画的共同爱好而有缘相聚相惜,邂逅同道定赏音,真可谓翰墨佳话。朱季海在《朗润园读画记》中动情地写道:"十五年过去了,斯人长往,墓木拱矣。叔存教

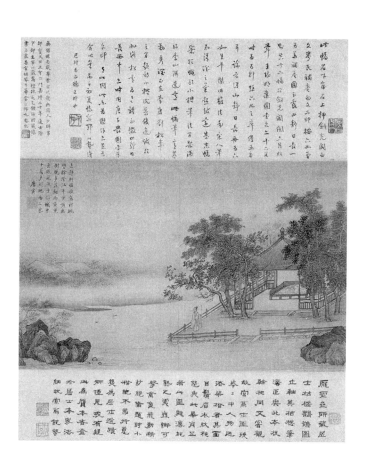

邓以蛰旧藏唐寅（款）《杜甫诗意图》

（私人收藏）

授生平为介绍西方美术和美学,做了许多有益的工作。为中国美术,特别是中国绘画投入了毕生的精力,为元画研究搜集了大量有参考价值的珍贵资料,又那么慷慨地、无保留地、不厌其烦、不辞其劳地任人纵观,唯恐不尽,这是何等博大的胸襟,何等高明的见识呵!他当时跟我说,他早就向有关部门提过,希望把自己这些收藏,无偿地捐给国家,只要能出一部他的藏画专集,作为平生采集的总结,就心满意足了。可是叔存教授逝世已经多年,元画研究在国内似乎还没有得到应有的重视,怎能教人不怀念他和他的藏画呢?"朱季海一生除恩师章太炎外,从未对一个仅有一两次短暂面晤之人如此动情和真心地褒扬过。

朱季海是经学家、训诂音韵学家、校勘学家,而并非严格意义上的书画史学家,书画史仅是他的学术余绪而已。但他在鉴赏和考鉴方面的功力绝不输于书画史研究的专业人士,学识精邃,博览群书,令人叹服。他通晓多门外语,在 20 世纪 80 年代初,就阅读过西方研究中国绘画史的学者喜龙仁、罗樾、高居翰等人的英文著作，视野开阔，中西贯通，与时俱进。

一个人的鉴赏力来自他的学养和天赋，鉴赏家其实是一种文明的产物。魏晋人王弼尝云："君子以文明为德。"朱季海与邓以蛰就是这种文明产物的代表人物。或曰："古今绝大多数人之所以不懂书画鉴赏或不辨书画优劣，实不足为怪，乃胸中无书耳。"信哉。

颂斋先生

　　容庚(1894—1983)原名容肇庚,字希伯,又作希白,号颂斋,广东东莞人。"容"字金文写作"頌",篆书中容、颂写法相同。颜师古注《汉书·刑法志》云:"颂读曰容。"容庚在其家族中属于"肇"字辈。容庚自称一生有两大嗜好,金石与书画。他在十五岁左右,曾随年长自己十岁的四舅、诗人、篆刻家和书法家邓尔雅(1883—1954)学金石、《说文》和篆刻;也曾跟从叔父容祖椿(1872—1942)学习过绘画,临摹功底颇深。这些都对容庚后来从事古文字、青铜器、法帖和书画史的学术研究和鉴藏产生了极其深远的影响。

容庚像

　　容庚曾经说过："收藏彝器和书画,既要有'眼力',尤需要有'资力',而二者缺一不可。"否则往往是有缘鉴赏,无力收藏,就称不上是一个真正的鉴藏家。由于长时间与金石图籍和青铜器拓本打交道,容庚对彝器的形制花纹与铭文书体已了然于胸。他对新出土的"生坑"彝器的鉴别颇感有些茫然,对流传于世的"熟坑"彝器研究较深,他在担任故宫古物鉴定委员会委员时,曾经接触过数以千计清宫收藏的青铜器。容庚的收藏生涯是从青铜器开始的。

容庚1926年受聘于燕京大学后,月入较为宽裕,加上卖文和著书所得,岁入渐丰。虽然无法与一掷千金的大收藏家相比,但也可以量力而行地在琉璃厂古董店中尝试收藏一些小件青铜器。20世纪30年代初,山西有一大收藏家逝世,其后人拟将数百件古铜器整体出售,索价万余元(大洋),这在当时对容庚来说几乎是一个"天文数字"。因此他先筹借五千元作为订金,待这批铜器运到北京后,他就召集同道前来选购,仅卖去半数就抵偿了价款。而另一半则均为自己购藏,容庚由此跻身于古铜器收藏家之列,声名鹊起。

1931年秋,容庚在琉璃厂著名古玩店式古斋中购得一柄古剑。此剑长55厘米,容庚后来描述此剑"色作水银古,上有绿锈,锋锷兼利,犹可杀人"。剑格倒凹字形,圆茎上有两箍,圆首。有鸟书错金铭文在剑格上,两面共有八字,其中左右各作"王戉"二字。虽历经二千余年仍可毫不费力地切割物品。当时容庚对"王戊"二字并不十分理解，以为是秦始皇时代之物，所以对此剑并未真正重视。一年后此剑被另一古文字学家于省吾(1896—1984)易去。

后来容庚在日本一学者所著书中，发现"戊王矛"，才明白原来古剑上"王戊"应读为"戊王"，竟然是春秋时代的"越王剑"。容庚因此后悔不已，但易去之物又岂有索回之理？只得作罢，叹息自己"无眼走宝"。于省吾在购得"越王剑"之前，已藏有"夫差剑"，故名其书斋曰"双剑簃"，并自号"双剑簃主人"。

1937年春，容庚又购得师旂鼎，而于省吾见之亦甚感兴趣，希望容庚能够割爱转让。此时，容庚想起那柄"越王剑"，就说："必归余剑，鼎乃出。"于省吾对"越王剑"已爱不释手，并视为镇斋之物。如果归还"越王剑"，自己的"双剑簃"斋名将徒有虚名。但师旂鼎又实在太过诱人，再三权衡和考虑之后，于省吾毅然将"越王剑"易得师旂鼎。1956年，容庚将此剑捐赠给了广州博物馆。现为该馆镇馆之宝，亦是国家一级文物。容庚还收藏有许多国宝级的青铜器，其中颇多收藏故事和逸闻。到1949年前容庚共收藏有商周彝器二百余件,曾先后编印出版了《颂斋吉金图录》、《颂斋吉金续录》等书。后来他将自己珍藏的这些青铜器捐赠给了广州市博物馆。

容庚真正收藏古书画是从1936年春开始的。某天,他翻检自己过去收藏的十余件古书画作品,随后又查阅古人著录书籍,颇有感触。同年7月,他已有长久研究和收藏书画的设想。但他当时并没有想到,自己会将后半生的绝大部分精力集中到书画研究上来,因为他仅是"期此自遣"而已。

当年由于珂罗版印刷技术的发达,使得书画市场上伪制日益猖獗。容庚记得其外祖父邓蓉镜(1831—1901)曾经说过,如果要革除书画作伪的种种弊端,就应该要合著录、收藏和传记三者于一书,即编著"书画鉴"性质的著作,以此告知世人。容庚先编印了《颂斋书画录》(1936年11月),著录所藏书迹八种,画作八种,记明纸绢、尺寸,影印原迹图版,并附作者小传。还帮另一位著名收藏家陈汉第(1874—1949)编印了《伏庐书画录》。后来又陆续编印了《二王墨影》、《兰亭集刻》(十种)等书。容庚编印这些书的同时,阅读了大量古人书画和碑帖方面的著录书籍。他在书画鉴定上,"考鉴"功力要胜过他的"目鉴"功力。

像容庚这样的书画鉴藏家有自知之明。因为他知道,宋元书画名迹,不在故宫,即在海外。偶尔出现在市场上的作品,不是有真伪问题,就是多为天价。他没有像张学良、张大千、张伯驹、叶恭绰、张葱玉、吴湖帆等人的经济实力,所以只能到琉璃厂书画店中去购买明清作品,而且以小名家作品为主,凭借自己的眼力去"淘宝"或"捡漏"。他的购藏策略是:"人方以大家为贵,余乃取其冷僻者;人方以名人题跋为贵,余乃取其无题跋者;人方以纸本为贵,余乃取其绫绢者;人方以立轴为贵,余乃取其卷册者。"(《颂斋书画小记·自序》)但还真的被他淘到一些真品,比如董其昌和冯起震合画的《枯木竹石图卷》、董其昌的《仿李成山水图卷》、文徵明的《草书诗卷》等。

容庚在书画收藏的过程中,有意识地形成"系列"收藏。比如他收藏文徵明的《草书诗卷》后,就再收文氏的画,还渐收其子文彭、文嘉,其侄文伯仁、其弟子陈淳、钱穀等人的作品。又比如他收到章谷的《八景图册》，又继续收其子章采、章声的作品。这样的系列收藏思路，非常像张学良的收藏风格，但当时张学良身边是有高手帮他掌眼和策划的。另外，容庚还重点收藏古代广东籍书画家的作品和名人信札，真可谓人弃我取，眼光独具。其实，容庚真正收藏古书画的时间并不长，在十年左右的时间里，他先后收藏有六七百件古代书画作品。后来绝大多数捐赠给了广州市美术馆、广州美术学院和广州师范学院。

容庚的书画收藏以量多见长，而且其中还有不少的伪作和存疑之作。谢稚柳曾在"文革"期间的一份审问笔录中说容庚的收藏："有许多字画，明清极普通的字画，许多是假的。"但也不可否认的是，在容庚收藏的古书画中也确实有些真精之作，比如明初戴进的二十余米长卷《山高水长图卷》、文徵明《醉翁亭图记卷》、明末广东画家张穆的《送胡大定北上》册页、明人王世贞行书《西湖近稿诗卷》、明末广东画家赵焞夫的《东莞袁崇焕督辽饯别图卷》等，有些不仅有艺术价值，且有较高的史料价值。容庚一生的书画和碑帖收藏，后来大多被其著录在《颂斋书画小记》、《丛帖目》二书中。

　　容庚收藏书画、青铜器、碑帖、古籍，主要是用于研究，并以之观摩自赏，陶冶性情。有时或与同道交换藏品，或赠送藏品，或原价转让，少有时下盛行的"铜臭气"。其珍藏有王铎五十八岁力作《草书诗卷》。好友商承祚藏有王宠行书长卷。1961年7月，两人互换所藏。容庚遂在《草书诗卷》后题跋云："此卷如名将临敌，骏马勒缰，得沉雄之气。锡永兄藏雅宜山人卷，如瑶琴罢挥，寒漪细流，得淡逸之趣。吾两人志趣不同如两卷然，乃以互易，庶几高明柔克，

容庚《临李流芳山水图卷》局部
（私人收藏）

239

沉潜刚克,各有会心也。"

容庚比启功(1912—2005)年长十八岁,启功曾受业于广东新会陈垣。容庚与陈垣同乡兼师友,当年容庚常与启功谈书论画,启功对容庚执弟子礼,容庚则以同道好友待之。1972年11月,容庚至京收集青铜器资料,两人再度相逢,共叙旧情,启功想借摹容庚所藏一本柏西亭摹古山水册。翌年8月,容庚将此册页寄赠给了启功,并写下题跋云:"余去年十一月至京,得见老友启元白先生,谈书甚欢。元白欲借余所藏柏西亭模古轴珍册,余年已七十八,欲尽散所藏书画,故允赠之。归来掂视仿宋元明十二家之作,尤物移人,不无眷恋。今将九阅月,不能轻诺寡信,愧对吾友,因即邮寄,书此自忏。"此事令启功一直感动不已。容庚重承诺和守信义之德,有古人之风,可为今人楷模。容庚此类的逸事趣闻颇多,众口相传,至今不绝。

容庚与康生交往之事颇具传奇色彩。1962年3月间,康生到广州参加重要会议。在一次广东省委举行的招待会上,经周扬介绍,容庚认识了康生。康氏是党内著名才子，擅长书画，精于鉴赏，亦收藏书画、古籍和碑帖等文物。几天之后，康生驱车到中山大学探访容庚。两人相谈甚欢，颇为投机。康生问及容庚收藏的名帖，容庚如数家珍，一一道来。谈到容庚所藏的一本《兰亭集序》时，康生猛然打断，说此是赝品。寻常之人，在此情形之下，一般都会唯唯诺诺或不置可否。容庚却截然相反，立即予以反驳，说自己所藏不可能是赝品。激烈争辩的一幕由此发生，康生坚持说那帖是假的，因为解放后他在北京见过此帖真迹。容庚反唇相讥道："你是解放后才看见，而我这个解放前就已经收藏了，你所见的那个才是假的！"这让那些陪同的官员大惊失色。

两人争执不下，遂决定同到容庚家中鉴赏那件《兰亭集序》。康生看到此帖之后，经过认真研究，态度才缓和下来，说了一句："是值得研究研究。"康生后来问容庚有什么需要他帮助的，容庚说他要修订《商周彝器通考》一书，但到外地收集资料不便且经费困难。康生答应帮他解决困难，并提议将《商周彝器通考》一书修订列入文化部科研项目，赴各地作学术考察也以文化部名义，并叮嘱容庚，遇到困难时，可持他亲笔开具的介绍信到当地党委宣传部门，当可解决。后来康生果然给予容庚极大的帮助和支持。今人或许极少知道，康生（原名张宗可）其实是清初山东胶州著名书画收藏家张应甲（字先三）的后裔，张应甲当年与王时敏等人多有交往。

世人皆知容庚是著名的书法家，其实他还是一位造诣颇深的画家。容庚在少年时也曾跟从叔父容祖椿学画。容祖椿字仲生，号自庵，是岭南名画家居廉的弟子，专学花卉写生。容祖椿也因此获观并临摹同为居廉弟子的伍德彝家藏的书画名迹，画艺日进。容祖椿山水、人物、花鸟兼擅。容庚后来并没有成为一名职业画家，绘画只是他研究学问之外的自娱之事，也是为了能够更好地鉴藏书画。北平沦陷之后，容庚在无聊苦闷之际，曾大量临摹古画以消遣度日，七年之间先后临摹得画卷百轴。他自己谦虚说道："临摹之如小儿仿本，略得形似而已。"其实容庚临摹的功力极深，从他所临柯九思、黄公望、戴进、沈周、张宏、"四王"等人作品来看，其笔墨功力似不在当时的某些职业画家之下。

　　1942年11月下旬某日，琉璃厂鉴光阁书画店老板携一卷沈周的《苕溪碧浪图卷》到容庚家让其鉴赏。时已黄昏，容庚想留观研究，但店老板说已有顾主，明晨须送去。容庚即说：既然如此，可明晨来取。容庚一夜未寐，临摹一副本。天明就寝，尚未入梦，店老板即来索取，容庚一笑还之。容庚后来无不自豪地说道："自谓生平作画之乐，未有过此者。"他后将此图装裱成卷，复请顾颉刚、陈寂等友人题词于后。然容庚的画名画艺，皆为其学术之名和书名所掩，故今人知者极稀，甚为可惜。古人尝云："能者无所不能。"信也。

玉斋先生

1981年,谢稚柳应邀到香港中文大学讲学,香港著名书画鉴藏家王南屏(号玉斋,1924—1985)前来拜访。王、谢两人不仅是常州老乡,据说还是表兄弟(但谢称王为"世侄")。王当时向谢先生表示:"我可将珍藏的王安石书《楞严经旨要卷》及宋刻龙舒本《王文公文集》捐赠给上海博物馆。你可否助我将上海旧藏所存留二百余件明清书画带至香港?"关于此事,郑重的《谢稚柳传》和《海上收藏世家》两书中均有记载,不妨参阅,兹不赘述。但此事直到经过当时国务院总理特批,历时数年方告完成。其中的曲折过程,令人心寒,亦足以写成一部小说。

王南屏之父王有林早年在上海经营染织业，经商之余，喜读书和收藏古书画，家藏宋元明清书画四百余件。"文革"之后，他将其中的九十余件精品捐赠给上海博物馆。王南屏从小耳濡目染，这也是他后来成为著名鉴藏家的主要诱因之一。如果要成为一名真正的鉴藏家，仅仅靠家庭的熏陶还远远不够。王南屏在前清进士舅祖（祖母的兄弟）及其他老师的教导下，从小就接受传统文学训练。十六岁时，为了能够与同龄人一道进入现代学校学习，王南屏向无锡国学专修学校申请入学，但遭到拒绝，理由是没有高中文凭。后经过自己的不断努力，包括在学校办公室门前长时间站立等候，终于获得面试资格，并以优异的国学知识和作文能力被破格录取。两年后再转往复旦大学攻读国文，二十岁同时获得无锡国专和复旦大学的双学位。

大学毕业后，王南屏师从邻居、著名鉴藏家和学者叶恭绰（号遐庵）先生，从此正式进入书画研究和收藏界。从某种意义上说，叶恭绰其实是王南屏书画鉴藏的业师。在叶氏的中介下，王南屏以重金购得苏州顾氏过云楼旧藏宋人米友仁《潇湘奇观图卷》（今藏北京故宫博物院），一时名传上海鉴藏界。当时沪上年轻一辈的鉴藏家如张珩、徐邦达、王季迁等，老一辈鉴藏家如庞莱臣（号虚斋，1864—1949）等，均托叶氏介绍，想结识王南屏，借此一观《潇湘奇观图卷》。庞莱臣比王南屏年长整整一个甲子（六十年），又均出生于甲子年（鼠年）。庞氏感觉与王南屏"前世有缘"，于是悉心提携，出示家藏书画名迹，传授有关鉴赏知识。虚斋之书画收藏，多由徐俊卿、李醉石（徐邦达业师）和张石园等人掌眼。徐、李、张诸人皆精鉴"四王"、吴历、恽寿平，故虚斋藏品中"四王"、吴、恽作品最精、最多。王南屏为之大开眼界，这为他后来专门收藏明清书画打下了坚实的基础。所以从某种程度上说，庞莱臣是王南屏书画鉴藏的第二位业师，其影响力当不在叶恭绰之下。但我至今未发现他当年与上海鉴藏界"教父"吴湖帆交往的有关资料。

王南屏购藏《潇湘奇观图卷》后，因该图卷漶漫太甚，故拟托名手重新装裱。后被告知不宜重裱，免得再次伤损画面。但他也由此认识到装裱、修复对书画保存的重要性。王南屏在与装裱师的接触交往中，亦学到了在古书画装裱、修复过程中许多偷龙转凤和移花接木的伎俩。许多名装裱师亦充当书画经纪人，他们熟悉各类藏家的藏品情况，为王南屏的鉴藏活动提供了许多帮助。

1949年后，二十五岁的王南屏携部分书画藏品和资产毅然离开上海，移居香港，在经商之余继续收藏书画和古籍。20世纪60年代初，他加入了香港著名的收藏家精英团体"敏求精舍"。1975年，在香港出版藏品集《明清书画选集》。晚年移居美国。他临终前将平生收藏的书画分赠给子女继承。1994年，美国耶鲁大学艺术博物馆出版了中英文版《玉斋珍藏明清书画精选》(香港印刷)，共收入一百二十二件明清书画作品，另有柯九思《墨竹图》轴、张逊《竹石图》轴两件元人作品。中英文撰稿者有高居翰、傅申、李晋铸、黄君实、屈志仁等人。近十年来，王南屏旧藏的古书画时常出现在国内拍卖市场中，且大多以高价成交。

王南屏在未刊行的书画鉴赏遗稿中曾经说过："昔人作伪，当存忠厚，每于画及题留一破绽，以便后之鉴者有迹可循。如树梢忽发大枝，两屋顶不平行，风中行人之衣与树之风向相背……"又比如题跋中有矛盾，如明人画家而题清人之诗，年款为画家逝世后年份，书画作于书画家从未到过的地方，年号与干支不符等。这些大多是古人伪赝时故意留下的"暗门活口"，而并非作伪者的无知之举。王南屏尝云："鉴赏家如不能辨认出赝品之谬失，而下错误判断，是应该自己负责，不得尤人。"

　　要想真正了解一个鉴藏家，首先要看他（她）的藏品。从《玉斋珍藏明清书画精选》中的一百二十余件藏品中，我大致梳理出王南屏收藏明清书画的几个"主轴"：吴门画派和苏州籍文人书画家，董其昌和华亭（松江）画派，"四王"、吴、恽和"小四王"，清代扬州画派等。其中的"重中之重"或精品所在是沈周，董其昌，"四王"、吴、恽。他几乎不收藏明初浙派、院体画和晚清海上画派的作品。

　　沈周《送金以宾山水图卷》（图后拖尾纸上有沈

周行书长跋），是一件研究沈周生平的重要书画作品，曾经被许多研究沈周的专著作为史料引用。李东阳《诸体书种竹诗卷》（孙克弘、安岐、翁方纲、张大千等递藏），是一件非常著名的书法作品。文徵明《红袖高楼图》轴，文嘉《洗竹山房图》卷，仇英《竹院逢僧图》轴（安岐、刘蓉峰、庞莱臣旧藏），董其昌《仿倪黄山水图》轴（王时敏、庞莱臣旧藏），《右丞诗意图》轴（清宫内府旧藏），《青浦道中山水图》轴（陈继儒旧藏），李日华《行楷六砚斋笔记》卷（邓实旧藏），邵弥《松庐清课图》卷（吴湖帆旧藏），吴伟业《吴梅村先生诗册》六开（叶恭绰旧藏），王时敏《端午花卉图》轴，《仿倪瓒雅宜山图》轴，王鉴《临董源山水图》轴，《仿古山水册页》十开，恽寿平《没骨花卉册页》十开（高士奇、伍元蕙、庞莱臣等递藏），等等，皆为传世名作，而且流传有绪。以我的鉴赏拙眼而言，虽然对极个别作品稍有存疑，但其中百分之九十五以上皆为"大开门"真迹，令人过目难忘。

如果一个鉴藏家的藏品中，有一半以上的藏品是存疑或伪作，那他（她）就不是一个真正意义上的鉴藏家，而是名不副实的好事家。王南屏的确是一个真正的鉴藏家，他绝非是浪得虚名。仅凭王安石《楞严经旨要卷》和米友仁《潇湘奇观图卷》的两件藏品，就足以让他名标当代鉴藏史。

　　要想全面了解一个鉴藏家，不仅要看他（她）的藏品，还要看他（她）的交游。一个人的交游，其实是判断他（她）的人品或学识的重要参考依据之一。在王南屏一生的古书画鉴藏经历中，曾有幸得到过许多名家的提携和帮助。比如他的父亲王有林、业师叶恭绰、庞莱臣，以及挚友溥心畬、张大千、张珩、谢稚柳、徐邦达、王季迁等一代鉴藏大家。王南屏在与他们的交游过程中，有许多故事和"传奇"，可惜无法一一予以详述。我在此只能转述其中的一二件小故事。

　　王南屏在购得王安石《楞严经旨要卷》后，因是卷为王氏书迹孤品，所以在真伪上颇有争议。他即携此卷飞赴台湾，请溥心畬、张大千以及台北故宫博物院的专家们做鉴定。当溥心畬看到《楞严经旨要卷》竟然是用旧报纸包裹着（此卷到王南屏手上即是如此)，遂将自己一张仅画了几棵树和几块山石的未完稿之画替代旧报纸。溥心畬当年一见《楞严经旨要卷》时，就"惊喜讶为人间奇迹"。后来王南屏一直未用其他包装来替换这张画。1981年，谢稚柳到香港，在鉴赏《楞严经旨要卷》的同时，也见到了这件溥心畬十八年前未完稿之作，他即为之补画了山水，并写有一段长跋，跋末有云"记其始末，以为他日'王卷'佳话"。

王南屏与张大千合影

当张大千一见《楞严经旨要卷》后，随即开出五万美金的"天价"，要王南屏割爱转让，但被王南屏婉拒。谢稚柳在香港时，曾特意画了两幅未完小品，托王南屏如有机会到台湾，再请好友张大千补画完成。其中一幅画上，谢稚柳画了墨石和柳树。1983年，张大千在石下补画了六条小游鱼和几朵落水桃花，在石上补画了一只小鸟。在另一幅图上，谢稚柳画了二三块墨石。在补画墨竹时，张大千突然感觉身体不适，随即入住台北荣民总医院治疗，约莫一个月后与世长辞。这是张大千一生的绝笔之作。1984年春，谢稚柳又在此图上补画了一枝海棠，并题跋云："予初写石。南屏世侄乞故人张大千补竹未竟，遽尔下世。兹为补成。对此弥增黄垆之痛。甲子春仲。壮暮翁谢稚柳并记。"1984年，又是一个甲子年。仅一年之后，王南屏在美国因病逝世，享年六十二岁。

《静女调筝图》琐谈

2011年9月下旬,在上海美术馆举行的"辛亥百年百位名人墨迹"展中,有一件近代诗僧、画僧苏曼殊(1884—1918)的明信片,引起了许多参观者的关注和好奇。这是上海某收藏家的一件藏品。我曾于同年3月初,在福州路杏花楼与该藏家等人茶叙时,有缘鉴赏过这张品相极佳的明信片。当时将这张明信片拿在手里,仔细鉴赏,爱不释手。我也约略知道,这是近百年来文坛艺苑中一张著名的明信片,同类明信片在有关苏曼殊的传记著作中亦曾刊录。该张明信片据说曾是章士钊先生后人的藏品。

这张明信片虽经过了百年劫难居然没有影响到

它的品相，可见原藏者对它的珍秘之情。明信片纵约十厘米，横十五厘米。这是一张可能经过了后期加工的"艺术照"，背景呈暗灰色，摄影照明的灯光应是从右侧方过来，所以弹筝女的脸部、上身衣服右侧和古筝底部均有明显的阴影。从图像的视觉来看，它给人一种联想：月色朦胧，万籁俱静，幽远琴声，响彻夜空。在这看似略带人工装饰的环境中，一种思古之幽情隐喻其间。

弹筝女子身着日本和服跪席弹奏，头上梳中国汉唐时妇女流行的同心髻，髻上系淡色丝巾，髻后垂有一格子图案发巾。白色连衣衫，系淡色腰带。双手按住琴弦，双目凝视着左前方。从照片上大致推测其年龄在二十岁左右。关于同心髻，苏曼殊曾在《为调筝人绘像》的第二首诗下有自注云："汉元帝时有同心髻，顶发相缠，束以绛罗。今日本尚有此风。"苏曼殊对东洋女性的发髻颇为迷恋并深有研究，他还曾经画有写生稿《女子发髻百图》（又名《蓬瀛髻史》）。

明信片上有苏曼殊用钢笔黑墨水写的一段题

跋:"无量春愁无量恨,一时都向指间鸣。我已袈裟全湿透,那堪重听割鸡筝。楼上玉筝吹彻白露冷,飞琼佩玦。黛浅含颦,香残栖梦,子规啼月。扬州往事荒凉,有多少愁萦思结。燕语空梁,鸥盟寒渚,画栏飘雪。余尝作《静女调筝图》,为题二十八字,并录云林高士赠小琼瑛《柳梢青》一阕,以博百助眉史一粲。日来雪深风急,念诸故人,鸾飘凤泊。衲本工愁,云胡不感? 故重书之,奉寄士钊足下。竺公弥健否?雪蝶拜。"雪蝶是苏曼殊的诸多别名之一。下钤白文长方小印"曼"。明信片的另一面是用英文写的收件人章士钊的地址,还用钢笔画了一枚长方篆字印章:"蓬瀛百助是同乡。"苏曼殊的自题诗在后来发表的《本事诗》中有了较大的改动:"无量春愁无量恨,一时都向指间鸣。我亦艰难多病日,那堪更听八云筝。"

　　倪云林《柳梢青》词见《清闷阁集》卷九,题为《赠妓小琼瑛》。小琼瑛是倪云林友人、名士顾瑛宠爱的侍姬之一。在顾氏著名的"玉山雅集"中,小琼瑛时常是持觞听令,故与诸名士素稔。倪云林这首《柳梢青》，词境凄婉，与苏曼殊的七绝诗境颇为相近。而且百助氏的身份与小琼瑛有些相似，皆是男主人的"侍姬"。

在有关苏曼殊的传记和研究专著中，大多将此明信片命名为"静女调筝图"。此明信片上无年款，可能是 1909 年至 1910 年左右，当时章士钊在英国伦敦留学。1908 年 12 月中旬，苏曼殊东渡至日本东京，寄寓小石川，榜所居之处曰"智度寺"。在此期间，苏曼殊结识了艺伎百助枫子。为何百助枫子又名百助眉史？刘斯奋先生在《苏曼殊诗笺注》一书中认为："眉史即妓女的代名词。"柳无忌先生则认为"枫子"是百助的别名。而我推测，"眉史"或许是苏曼殊为她取的别名或"昵称"。

不管百助氏的真实身份或姓名、别名如何，有一点是不容置疑的，她应该是苏曼殊一生中最重要的女人。苏曼殊曾为她写有诗云："华严瀑布高千尺，未及卿卿爱我情。""还卿一钵无情泪，恨不相逢未剃时。"（《本事诗》）苏曼殊先后为她写有《为调筝人绘像》（二首）、《寄调筝人》（三首）、《本事诗》（十首）、

苏曼殊《静女调筝图》明信片
（私人收藏）

《调筝人将行属绘〈金粉江山图〉题赠二首》等诗，均发表于《南社》诸集之中。有学者认为苏曼殊为调筝人所作诸诗，幽艳入骨，一往情深，足以与英国浪漫诗人拜伦的抒情名诗《留别雅典女郎》相颉颃。

苏曼殊当年还曾将《静女调筝图》明信片先后寄给了好友包天笑、邓秋枚等人，题跋文字几乎相同，只是收件人的名字有所不同而已。包天笑曾将这张明信片翻印在他自己主编的《小说大观》第五集中；柳亚子1927年编辑《苏曼殊全集》时也将之刊印在内；后来周瘦鹃又将之翻印在《半月》杂志三卷第十六期上，这使得它成为近代文坛艺苑中一张著名的明信片。时至今日，据说《静女调筝图》明信片唯有寄给章士钊的一张存世，真是弥足珍贵。现据有关资料可知，此明信片应该是百助眉史的一张艺术肖像照，她将之送给苏曼殊以作留念或是定情之物。苏曼殊遂将它特制成明信片，寄赠给国内外友人。看似游戏之举，或有其难言深意也。

苏曼殊为什么要将此张情人的照片制为明信片寄赠友人？难道仅仅想表示自己是一个浪漫风流的

情僧？清末之际，政局风雨飘摇，民不聊生。有些知识分子和政客想通过改朝换代或引进西方政体，从而达到国家和民族的再生，实多出于某些个人权欲和党团利益而已。苏曼殊与许多革命党人皆为好友和挚交，由于他的身世、信仰等诸多因素，虽有声援或偶然参与，但他在内心深处始终是一个旁观者。伶仃漂泊，孤来独往，我行我素。醇酒美人，向隅幽泣，佯狂成真。他虽然是一个悲观厌世主义者，但在政治上却是一个有远见之人。

辛亥百年，我有缘两次鉴赏了《静女调筝图》，它似一代诗僧穿越时空传语后人——"知我者谓我心忧，不知者谓我何求？悠悠苍天，此何人哉。"苏曼殊曾有诗云："无端狂笑无端哭，半是胭脂半泪痕。"乃伤心人别有怀抱。而今天又有几人能够真正了解苏曼殊那种"以情证禅，空诸色相"的曹洞境界？

近代画人刍议

林风眠

　　林风眠一生绝大多数的作品题材多为古装仕女、京剧人物、夜暮池塘、荒径幽寺、枝头孤鸟,等等。尺寸也多为正方形,方便装置于西式镜框之中。林风眠的作品是借西方绘画的形式和笔墨,在一种冷逸、静谧的视觉中,表达中国古典诗词特有的意境之美。他的作品就是想让观赏者能够暂时停下自己匆忙、慌乱的脚步,审视一下自己所熟悉的世界。就绘画内涵而言,画坛上无人可与他相提并论。在色彩上,林风眠的画其实总体上还是属于"阳光"的,尽管他的内心非常的痛苦、悲观和孤独。在此意义上说,林风眠不仅是一个艺术家，也是一个孤独的哲学家，一个人道主义者。他独来独往，冷眼旁观，大智若愚，与世无争。尽管林风眠的艺术后来被人为地"抛弃"，但现代绘画史却为他建立了一座纪念碑。任何艺术大师均不可复制，只有借鉴他的理念，而无法私淑他的形式。

傅抱石

傅抱石与林风眠皆出身卑微。傅抱石是一个绘画史学者，虽然他当初的研究，在今人看来甚为粗疏，瑕疵颇多，或稍涉某些"剽窃"之嫌，但毕竟有筚路蓝缕之功，不应苛责。傅抱石早年深嗜石涛，但他后来却能从石涛的"魔境"中全身而退，在现代画坛上唯此一人。而傅抱石最令人不可思议之处是，他手拿李白之笔，写出来的却是李贺之诗。傅抱石那种狂乱无踪或近似急风暴雨般的"抱石皴"（或称"乱麻皴"），其实是长披麻皴的变异。如以诗歌作比喻，似有李白那种天马行空的诗风。但在他的山水中，却常有形同"鬼魅幽灵"般的人物出现，绝似李贺的诗境。傅抱石早年山水,以长披麻皴敷以水彩技法,明净秀逸。在现代画坛上,傅抱石堪称"鬼才",不可无一,亦不可有二。酒是傅抱石生命中的第一,究竟是借酒浇愁,还是借酒助艺?后人真不敢妄自猜测。

黄宾虹

从某种程度上说,在现代绘画史上,黄宾虹原来仅是一名"边缘画家",却是一个整理徽州文献和古画史文献的学者,就此而言,实有筚路蓝缕之功。黄先生在山水画技法上的造诣并不深邃,他为后人交口盛誉的浓墨繁笔山水,实际始终未出王原祁和龚贤等人的堂奥,只是稍加些西方绘画元素。而他在题跋上往往心慕宋元。这有些近似董其昌,不无"英雄欺人"之嫌。黄宾虹的疏朗清淡山水小品和设色花卉小品,在现代画坛上别具一格,堪称逸品。但后人对其浓墨繁笔山水,扬誉过甚,几至膜拜顶礼,竟不容有毫厘质疑,亦是现代画史上的一大怪事。

齐白石

齐白石实是"草根画家",在综合学养上与黄宾虹相差甚远。齐白石是继晚清海上画派之后,"流水式作画"的集大成者,作为一个以卖画为职业的画家,似无可厚非。但齐白石绘画题材的重复与林风眠、黄宾虹的重复,不可同日而语。林是想表达一种自己的精神理念,黄是为了表现一种自己理解画史的方式,而齐白石单纯是为了卖画换钱。他除了许多粗制滥造的作品外,也的确有些作品构思布局奇特,再加之熟能生巧的笔墨和略带风趣的题跋,真令人有画外之思。齐白石的画,虽然号称雅俗共赏,可惜意蕴稍薄。

张大千

张大千是一个现代画坛上少有的"十项全能"画家,智商和情商均属一流,擅长"借势"和"造势"。四海之内皆兄弟,三教九流均朋友,堪称人情练达。他是凭自己的智慧和技能,赤手空拳打拼天下的,所以也略带有某些江湖习气和义气,可以理解,也应予以宽容。他看似挥金如土，豪气冲天，实是深谋远虑，暗中"布局"。张大千除了艺术造诣和为人处世超越常人之外，有两件事当属古今无二：敦煌之行和毅然去国。如无此二事，张大千或许仅是一位二流画家而已。从某种意义上说，张大千是现代画坛上最"精明"的画家。说他是"五百年来第一人"，亦不为过也。另外，如果条件许可，张大千在作画时对纸、墨、笔、颜料、印泥、装裱等媒材非常讲究，甚至苛刻。这也应该是一个职业画家必须具备的"职业操守"。

吴湖帆

吴湖帆出生江南贵胄世家，无需像张大千那样以卖艺为生，仅靠田租或房产等收入，或售出一二件祖传藏品，即可衣食无忧，如在天堂。吴湖帆一生所想要的是延续家族的名望和保持自己在艺坛或鉴赏界的盟主地位而已。由于他的身世和家境，他所结交的大多是政要、富商、名流和大鉴赏家，这也决定了他长期处于"贵族画家"之列。他有自己的生活"圈子"和习性嗜好，不屑也无需与"草根"之流往来。

今人如要研究吴湖帆,一定不能忽略他当年在艺坛和鉴赏界的"盟主"地位。在他的身边,长期人气聚集,名家高士如云,犹如过江之鲫,故能出入梅景书屋者,多为同道麟凤,且名标史册。

溥心畬

在现代画坛上,溥心畬可能是唯一一个不承认自己是画家的人。其实也可以理解,满清皇室嫡系后裔,鬻画为生,何以面对九泉之下的列祖列宗?溥心畬虽然长期生活在民国,但他内心深处始终对之保持距离。所以当他因生活所迫而要出售一些国宝级书画时,有许多收藏家均劝他不要售于洋人,爱国道理一大套。溥心畬为之非常不解甚至不屑:"至于吗?"想想也是,故宫当初也不过是他们家族的"私产"而已,还有什么可值得大惊小怪的?

溥心畬小楷,堪称现代书画家中第一。虽然山水是他的"招牌",有个人笔墨风格,然格局稍狭,意境偏弱,尺寸大幅之作,亦明显是小品之局。其鞍马小品和人物小品,别具一格,堪为画苑奇葩。就书画史而言,同是皇室宗亲,溥心畬与赵孟𫖯似乎无法相比。原因可能有三:才学、时境和心态。

金城

在现代画史上,金城是一个被人为忽略的重要人物。金城的重要性,不在于他的绘画艺术,而在于他的绘画理念和精神影响力。他曾是海上画派一员,但他想在北方画坛上重归宋元传统。追求一种与粗制滥造迥然不同的"新商品画",即以小写意、工笔画与大写意画分庭抗礼。在民国官办美术教育中,林风眠、徐悲鸿可称"教父";但在民办美术教育中,金城在北方画坛也可谓是精神上的"教父"。

金城是现代画坛上唯一一个因真正喜爱绘画,而从事研究、临摹、鉴赏、授课、创作的画家,他一生几乎不卖画。金城原本是晚清政府中一颗冉冉上升的洋务外交新星,后因政局变化而成为一名艺术活动家、画家和鉴赏家,实是阴差阳错。在中国现代美术史上,有两个人的英年早逝,其影响不可低估。一是北方画坛"教父"金城,另一是"现代美术史学之父"滕固。历史给他们展现自己才华的时间太短、太短，真是天妒英才。世无英雄，遂使竖子成名，自古如此。

陈少梅

陈少梅出身湖南官宦名门，十六岁时，即被金城收为关门弟子，且在金门弟子中成就最高。他一生研学郭熙、马远、夏珪，中规中矩，有古调而时出新意。古今学宋画者甚多，未有若陈少梅之精详者，整饬、静逸、明净、文秀兼具。在民国盛行大写意画风的时境中，陈少梅之画，给人一种视觉上的美感。读陈少梅的画，须有一定的绘画史和文学史知识，否则难窥其中三昧。作为一个职业画家，陈少梅作品的整体水平，并没有大起大落和良莠不齐的情况，职业操守，实属难得。

陈少梅后来也想积极融入新环境，然屡为画坛新贵们歧视和排斥。京津艺坛，竟无其立足之地，终致忧愤成疾，英年遽逝。若寻一古代书画家与陈少梅比拟，其或近似明人王宠，举止轩揭，品藻雅洁。

于非闇

于非闇是现代画坛上一个大"玩家"。他似乎什么都玩，书画、篆刻、京剧、花鸟鱼虫、吃喝玩乐等，甚至赌博，似乎样样"精通"。他曾是当年北平报社著名记者，尤其在艺坛方面拥有绝对的媒体话语权，人脉深广，可谓"无冕之王"。如要捧红或封杀一名画家或伶人，几乎不费吹灰之力。就连张大千当年到北平"闯码头"时，也不得不暗请于非闇为其"造势"。

于非闇曾师从齐白石学画，但当初究竟是否"拜门"，后来是否有意"退门"，为什么后来又转学宋徽宗工笔花鸟和瘦金体书法？一直都是诡谲谜案。其工笔花鸟在技法上其实并没有多少新意，仅是化繁为简，以疏胜密。但在绘画颜料上于非闇独有造诣，而且自己可以配制颜料。笔者曾见过多幅于非闇花鸟画真迹，虽已历经五六十年，其色彩仍然明艳如新，让人叹为观止。在1949年之前于非闇并不卖画，后因生活所迫才行此道。又，纯就报刊"补白"文字而言，于非闇实乃此道之前辈也。

陈师曾

在现代画史上,陈师曾其实是一个被后人过分高估的画家。他的山水私淑沈周、石涛、石溪等人,尤其受石涛影响甚深。其人物、花卉亦未出扬州诸家和吴昌硕的窠臼,此是清末民初画坛风尚使然。其所谓"文人画之价值",亦未有新意独见,古调依旧。其书画之定位,应是文人画之名家。就其当年在北方画坛之影响,实难与金城相提并论。若非名门子弟,兼有留洋背景和执教高等学府,此类画家在当年京城比比皆是。陈师曾胜人一筹者,是其综合学养。

齐白石当年挟画艺薄技,以木匠身份兼湘绮门人之名,鬻画京城,几无市场。陈师曾与齐白石原在长沙时就已相识,又兼学画"同门",见状恻隐,故劝其另起炉灶,或许会有生机。后齐白石盛享画名,亦标榜陈师曾是其平生"知己"。后人不知内情,或两门弟子有所隐讳,遂扬誉为艺坛"佳话"。

陆俨少

陆俨少的绘画风格其实在 20 世纪 60 年代已经

成形，苍郁浑厚，设色古润。《杜甫诗意图百开册》即是当年代表之作。陆氏留白构云法和白描画水法，堪称画坛一绝，别具新意。改革开放之后，陆俨少移居深圳卖画，画风再次"变法"，被后人誉为已臻"化境"。然此时笔触较以往迅捷许多，不复再过多考虑构图、设色、题材等细节，以量取胜。平心而论，在此期间作品的总体水平，远不如其六七十年代。张大千尝云"钱是雅根"，但钱亦是"心魔"也。

任伯年

在海上画派中，任伯年绝对是一个天才型画家。其笔墨技法之精湛，在海上画派中鹤立鸡群，无人能及。其人物画线条和花鸟画造型，几难想象是出自一位画"行货"的职业画家之手。市场成就了任伯年，市场也几近毁掉了任伯年。剔除代笔因素外，他的精品之作与商品画的反差竟然是如此巨大，简直不可理喻。

海上画派是近代"作坊流水式"作画和"代理批发式"经营的始作俑者。以量取胜的必然结果，就是粗制滥造。据说任伯年一天就能画几十幅大小不同的作品。"五日一山，十日一水"，早已成为天方夜谭。中国画也从原来极少数文化精英们的鉴赏雅玩，开始变成了中下阶层家庭或营业场所的陈列品。从这个意义上说，绘画成为商品的市场条件此时已真正形成。在此之前的扬州画派，只仅仅形成了部分雏形。但中国绘画也从此走上了一条万劫不复之路。

近世艺林旧闻

徐邦达号李庵

徐邦达之父徐尧臣是一位丝绸商人，经商之余颇喜翰墨书画，凡见名家书画，则在力所能及之范围内不惜重金购藏。当其发现徐邦达对诸事皆无喜好，独对书画情有独钟且有超常禀赋时，即聘请当时颇有名气的画家李醉石（名涛）教授儿子学画。李氏工山水，宗法清初"四王"，尤对王原祁研习至深，仿王原祁作品几可乱真，并擅长书画鉴定，徐邦达早年学画与学鉴定受其影响颇深。陈巨来《安持人物琐忆》中曰："李氏虽无大名，但教画第一好老师。"徐后购藏一件传为五代人李昇山水图卷，因自号李庵，亦有纪念其师李醉石之意。

教育部点验之章

　　台北故宫博物院所藏许多古代书画名迹的裱幅下角,有朱文长方印"教育部点验之章",宽印边框,七字二行"教育部/点验之章"。或曰:此印何意? 有何典故? 此印在原台北故宫博物院副院长庄严《山堂清话》一书中有详记:易培基当年在任故宫博物院第一任院长期间,有传闻其曾盗取故宫书画,以伪充真,遂引起法律诉讼。法院因此封存了一大批书画,并聘请黄宾虹等人进行真伪鉴定。当时所封存的有疑点的书画,故宫开启时必须得到法院许可。其实黄宾虹等人的鉴定水平一般,故多有误鉴。或以真鉴假,或以伪鉴真,因而引起众多质疑。

　　易培基后因"故宫盗宝案"而去职,国民政府改任马衡为故宫博物院院长。马衡接任后,重新清点院中古物。清点古书画时,在所有书画上加钤"教育部点验之章"。此印有一大一小,视作品之大小不同而分别钤盖。所钤印章位置均在书画裱幅下角,绝不钤于作品之上。当时故宫博物院隶属教育部,故每次清点文物时,皆由教育部特派专人到场监察。清点之后钤印登记备案。此印由教育部另派专人保管,并不留存于故宫博物院,以示郑重,双方相互监督。

寒玉堂入门仪式

在现代画坛上,许多名师大家都曾开堂收徒,其中较著名者有金城、溥心畬、张大千、吴湖帆、冯超然、郑午昌、齐白石等人。溥心畬的寒玉堂收弟子的仪式甚为严谨,堪称苛刻。溥心畬一般不随意收徒,如被收为入室弟子(住家学习),则不分贵贱,一律要举行隆重仪式。首先须选择日期拜师,即非任何时间均可举行拜门仪式。其次必至家中举行入门仪式。点两支大红烛,案上奉置"大成至圣先师孔子神位"香案。溥心畬以红纸亲自书写孔子牌位,再点烛上香,然后向"孔子神位"行三跪九叩之礼,以示告知上苍。其后由弟子先向"孔子神位"行三跪九叩之礼,再向老师及师母行三跪九叩之大礼。最后,再拜师兄师姐,并接受来宾道贺,拜门仪式方告礼毕。曾见寒玉堂拜门仪式照片,溥心畬坐"孔子神位"左侧,师母李墨云含笑倚坐于溥心畬身旁坐椅扶手之上。一女弟子在地上行三跪九叩之礼。如按古制,师母当坐"孔子神位"右侧或站立于老师身后,接受弟子行跪拜之礼,焉可轻佻倚坐扶手之上耶?

吴待秋艺事

民国年间海上画坛有所谓"三吴一冯"之说,即吴湖帆、吴待秋、吴华源、冯超然,均为当年"一线名画家"。吴华源后渡海赴台,国内知者甚少。对吴待秋贬者甚夥,轶事亦多。最先贬斥吴氏者,是马叙伦《石屋续瀋》一书。马叙伦六十岁生日时,有一亲戚以二万元求吴待秋画一幅《石屋图》为寿。吴待秋之父吴伯滔是马之父执,马与吴本来就相熟,故马以为吴"自不致故为草率"。后来马见到画作后殊为不满,视之为一般应酬之"行画"。马叙伦后在某一银行内见吴待秋所画梅花和蝉柳两图,感慨叹曰:"殊有父风,是非无本领也,习蔽之耳。"

第二个对吴待秋予以嘲讽者是陈定山。他在《春申旧闻》一书中将吴待秋描写成一个好货嗜财之"守财奴"。举炊时为省一根火柴而让其子先用油风炉，与子同居一处亦收取房租。吴为节省作画时间而包餐于饭店，约以画易之，后定册页一开，易包饭一顿。吴一日谓庖人曰："你近来之饭食越来越差也。"庖人笑答云："吴先生，实在因为你近来也越画越差也。"

陈巨来在《安持人物琐忆》一书的《润例、诊金之种种怪现状》一文中，对吴待秋之画润亦颇不爽："书画家，本雅人雅事也，但其间种种之怪现状，写出来至可笑矣。大凡书画家，所订润例，必有点品加倍一条。吴待秋之书画润例，为最繁复，着色须加二成，画五色梅花须加倍，每加一寸即须加价。"

王时敏《晴岚暖翠图卷》

陈声聪《兼于阁杂著》中云："王烟客《晴岚暖翠图》为清宫中物，曩在北京曾于沧趣老人斋中获观其真迹。老人借出请汪鸥客（洛年）临摹一本，鸥客精心摹写,匝月始毕其役。闻此真迹溥仪即给了老人,并闻为其女所得,其女赴法国时携带出国,当已流落在外了。"王烟客即王时敏。沧趣老人即陈宝琛,斋号沧趣楼。《晴岚暖翠图》上有乾隆鉴藏印多枚,另有其他人鉴藏印近十枚。

《兼于阁杂著》所记颇多讹误。民国五年(1916),逊帝溥仪将《晴岚暖翠图》卷"赏赐"给太傅陈宝琛,暗携出宫。画上乾隆御印是"赏赐"时临时所钤。陈氏视为珍秘而绝不轻易示人。金城之父金焘与陈氏为挚友,又金城因光绪年间在沪上处理"黎黄氏一案"得体而深受陈氏赞许与器重。后金城改任京官,时陈氏已进宫为宣统授读,即向宣统力荐金城。金城以画献呈宣统,得赐"模山范水"匾额。有如此一段渊源,故金城方能于民国六年鉴赏到《晴岚暖翠图》卷,并商借一月而临摹一过。复请陈宝琛于摹本卷末题跋,陈在题跋中曰"金城临摹本可与原作相仿佛"云云。金城临本与王时敏原作今均藏上海博物馆。《晴岚暖翠图》并非真迹,故《中国古代书画目录》(第三册)、《中国古代书画鉴定实录》均未见著录,《石渠宝笈》诸编亦未著录。唯杨仁恺《故宫散佚书画见闻考》中有记录,溥仪"赏赐"给陈宝琛的日期为"宣统八年"十一月十四日,即民国五年(1916)。

金城临摹功力一流

马叙伦《石屋续瀋》一书中云:"昔金拱北负画名,尤擅临摹;然其临摹也,乃制一桌,以两层玻璃为面,而夹古画于其中,玻璃面下安电灯焉,以此毫厘毕肖,而拱北于五色又求精选,故见者以为真。然拱北自出手者遂无一可观,盖皆影堂之类也。"此事亦见于张大千弟子巢章甫《海天楼艺话》。金拱北即民国年间著名画家、鉴赏家、艺术活动家金城,门下弟子众多,曾被陈定山喻为"北平广大教主"。

马氏此说纯属臆想附会,以讹传讹。金城传世临摹古画有二三百件,或许其中有极少部分如马氏所言以电灯光影照临摹,然绝大多数皆为对临或背临。在金城临摹的古画中,有许多为当年故宫古物陈列所藏品。比如黄公望《富春山居图卷》、赵孟頫《重江叠嶂图卷》、王时敏《以小见大图册》等,怎么可能会随意借出故宫而供私人临摹？又王时敏《以小见大图册》，当时鉴为董其昌《仿宋元人缩本画跋册》，此图册共二十二开。金城耗时一年左右，奔走于故宫武英殿之古物陈列所，才将此图册临摹完毕。至于临摹私人收藏之古画，则临摹作品的尺寸、图像、设色、题跋等方面均与原作有所不同，有些将册页变为立轴，并在临摹作品上或隔水绫上写有题跋，加盖自己的名章、斋号章和闲章。故马氏所言"见者以为真"之说不可信。至于"拱北自出手者遂无一可观"，更是不值一驳。

赵佶《鸜鹆图》

《鸜鹆图》，纸本墨色立轴。乾隆题诗堂并题。今藏南京博物院。曾为大收藏家庞莱臣收藏，并著录于《虚斋名画续录》卷一。该画在乾隆年间入藏清内府，乾隆在诗堂上题有"活泼泼地"，但《石渠宝笈》诸编未见著录，画上和边绫两侧题跋、印鉴累累。光绪年间流出清宫，曾为南海铼画楼、玉峰周氏收藏，后归庞莱臣收藏。由于原作已经破损不堪，难以修复，庞氏就重金邀请名画家陆恢（廉夫）精心对摹两幅，然后将原作销毁。故世上仅存两幅《鹣鲽图》摹本。一幅后为日本人原田尾山购得并携往日本，另一幅于 1961 年由庞家后人捐赠给南京博物院。

20 世纪 70 年代初，南京博物院特派专人携《鹣鲽图》，远赴湖北咸宁的文化部"五七"干校，请徐邦达、刘九庵、马子云三人对此画作真伪鉴定。三人皆认为是赵佶真迹，三人还写有文字证明，对画中某些"接笔"，认为最晚下限可到元末明初。十五年后，"古代书画七人鉴定小组"又对此画进行了重新鉴定，亦皆认为是真迹。近十年前，南京博物院研究员万新华撰文披露此画之实情，此画之真伪始有定论，遂天下尽知。

《睡猿图》之价

张大千当年在苏州以传为宋人牧溪之作而伪制南宋梁楷《睡猿图》（今藏美国檀香山美术博物馆）。后又经精心做旧、伪制题款，再托北京书画商人出售。吴湖帆一见之下以为真迹，即不惜重金购藏。

但当年交易价格一直不详。十余年前，晚清广东著名收藏家吴荣光后裔、谢稚柳弟子、画家吴灏在香港《名家翰墨》杂志上撰文披露：据张葱玉告知，吴湖帆当年以四千元买下此画。张大千与书画商人各得二千元。此说颇有存疑：吴湖帆是否能够一次拿出如此多之现金？

大风堂弟子曹大铁

曹大铁字北野、尔九，别署若木翁、寂庵，江苏常熟人。土木工程师。民国二十五年（1936）经画家、表舅陈迦庵引荐在苏州网师园拜张善孖、张大千为师学画。曹大铁家境饶富，工诗词，精鉴赏，尤以收藏古籍名闻江南。虽入大风堂时年较晚，然实属众弟子中之"大哥级"人物。其学画纯属陶冶性灵而已，非以此为业。

张大千当年在北平购买《韩熙载夜宴图》、《潇湘图》等名迹，急电曹大铁筹款一千万。曹即卖出黄金一百一十两，得款后电汇之。后张大千回到上海，让曹大铁鉴赏所购之古画名迹。并对其说："是要偿还现金,还是以画抵债?"曹说,请师赐几件古画即可。张大千遂从中取元画三卷、明画一卷与曹。曹说太多,不肯接受。张大千执意令其收下。曹归家中,邀好友张葱玉前来鉴赏。张一见之下,坚要曹按市价转让。后张葱玉以一千几百万元购下四画。曹留下一千万,将所得余款又全部归还张大千。予游戏之作《大风堂弟子点将录》中,将曹大铁列为"天贵星小旋风柴进",实有所指也。

碑帖收藏家邵洵美

诗人、出版家邵洵美收藏西书善本和古籍颇多,亦藏有宋代官窑名瓷。其实邵洵美亦是一位碑帖和金石拓片鉴藏家。施蛰存《闲寂日记》中1964年5月19日记载:"下午访邵洵美,始知渠家所有碑帖一千四百余种皆为家人尽数卖去,仅得一百四十元,可惜矣。今日见残余十许种,有泰山廿九字及鼎彝拓片三五种,皆佳。"

20世纪60年代初,邵洵美曾入狱三年。释放半年后,苦于为陆小曼庆贺生日而囊中羞涩,即拟将家传一枚吴昌硕所刻"姚江邵氏珍藏图书章"出售。此印为寿山白芙蓉石。转托友人售于篆刻家钱君匋，并约定在电影院碰面交易。电影开始放映时，钱君匋借助座位下的微弱脚灯仔细辨认，不时自言自语道："好章，好章啊！我要的，我要的。"立刻拿出十元递给友人。邵洵美即用这十元钱为陆小曼过生日。

刘海粟之收藏

刘海粟生前曾收藏一幅石涛与八大山人合作的《松下高士图》轴，纸本浅绛设色。图左上有石涛行书长跋云："雪个西江住上游，苦瓜连岁客扬州。两人踪迹风癫甚，笔墨居然是胜流。八大山人写松石，清湘膏盲子补修竹、远山。染庵年道翁赠诗，言潇洒、言太古，皆本色，余何足以当之。渡江人姑作一二俚言，用当别语，韵难和，或不笑否？辛巳八月，清湘大涤子济并识。"下钤"大涤子"与"大涤草堂"两印。此图后印入《刘海粟美术馆藏品·中国古代书画集》中，乃刘海粟镇斋名迹之一。

《松下高士图》实乃张大千臆造之作，七绝题画诗见《石涛题画录》卷四,为先著(染庵)所作《题石涛写兰墨妙精册》二首之一。题跋文字出自上海博物馆藏石涛《长干图卷》之中。据清代以来之书画著录和题跋文字可知,石涛与八大的合作画约有四件。然今公认的存世之作仅有一件,即美国王方宇所藏的《水仙图卷》。张大千伪制石涛、八大书画,连罗振玉、黄宾虹、吴湖帆、陈半丁等人及一批日本大收藏家皆十九"走眼",况刘海粟乎?

知堂五十自寿诗

1934 年 1 月,周作人虚岁五十。生日前夕作"牛山体"七律二首云:"前世出家今在家,不将袍子换袈裟。街头终日听谈鬼,窗下通年学画蛇。老去无端玩骨董,闲来随分种胡麻。旁人若问其中意,请到寒斋吃苦茶。""半是儒家半释家,光头更不着袈裟。中年意趣窗前草,外道生涯洞里蛇。徒羡低头咬大蒜,未妨拍桌拾芝麻。谈狐说鬼寻常事,只欠工夫吃讲茶。"时林语堂正在上海创刊《人间世》,向知堂约稿,即以二诗抄寄之。林遂以《知堂五十自寿诗》为题发表,并同期刊登沈尹默、刘半农、林语堂唱和诗,后两期又有蔡元培、沈兼士、钱玄同唱和诗。

不料此事竟引起一批左翼青年的激烈抨击,廖沫沙、胡风、许杰等纷纷撰文予以口诛笔伐。林语堂亦不得不为之撰文进行解释。知堂也因此事郁闷不已,后将之写入《知堂杂诗钞》《知堂回想录》中。此事其实是20世纪30年代中国文坛进一步分化的重要标志。《知堂五十自寿诗》及诸家唱和原稿,后被时为《人间世》编辑、知堂同乡陶亢德装裱成卷珍藏,惜不知此卷今之所在。诸家唱和诗中,陶氏最激赏沈尹默之作:"莫怪人家怪自家,乌纱羡了羡袈裟。似曾相识拦门犬,无可奈何当地蛇。鼻好厌闻名士臭,眼明喜见美人麻。北来一事有胜理,享受知堂泡好茶。"此诗《沈尹默诗词集》不载。

度辽将军印

甲午年间,吴大澂慷慨请缨出关抗倭,终至兵败名裂,一蹶不振。传吴大澂时任湖南巡抚,因得汉铜印"度辽将军印",以为天意,乃请缨出关。曾朴《孽海花》一书中亦演绎此事,言此印为吴之同乡兼幕僚徐汉青(即徐熙)所献。据顾廷龙《吴窓斋先生年谱》所记,确有此事。然是吴氏北上抵天津时由吴昌硕所献。又吴大澂与汪鸣銮书信中亦云是吴昌硕所献。据此可知,请缨出关与得古汉印纯属巧合,实非小说与野史之穿凿附会也。吴氏大败,时翁同龢为相国,因乡谊之故,而未予深谴,仍回湖南本任。湖南士人因其所率之将卒多为湘军,素有威名,此役非但无尺寸之功,且生还者殊少,故制一联曰:"一去本无奇,多少头颅抛塞北?再来真不值,有何面目见江东!"可知湘人怨恨之甚也。

吴待秋趣事

吴待秋一生研学王原祁麓台,一日忽曰:"吾学麓台数十年,但箧中未尝置麓台一画,安得有廉价者当收藏一幅。"画估闻之,亟为之寻麓台真迹。后持之来,吴待秋谛视良久,叹曰:"麓台真迹乃如是乎?"遂问所需几何? 画估答曰:"以先生故,金六两可耳。"吴大惊曰:"麓台之画亦有如此价乎? 是贵我倍蓰矣。""蓰"乃五倍之意。画估强忍不笑,实告之王麓台的是此价。吴复请以本人之画易之,估人坚不可。只得无奈谢之曰:"吾已见麓台真迹,不复需矣。"抗日战争前夕,吴待秋卖画得存款六十万。后物价飞涨,纸币贬值,到抗战胜利时,仅值黄金七条,后又遇"金圆券"事起,则又如废纸,真南柯一梦也。

陈定山鉴赏逸事

民国年间,上海有一知名律师吴序伦,喜平剧,尤迷言菊朋,尝北上拜言为师学戏。后言每至上海,均借寓吴家。吴氏家藏明清书画极多,且半为清宫旧藏,但其不懂鉴赏。某日,言菊朋对陈定山曰:"吴序伦富收藏,公何不一观? 余为之引见。"吴湖帆亦尝对陈曰:"吴序伦家确有明清佳书画,半出故宫内府收藏,而吴不甚识,每以为赝品售之于人。余尝得其四王册页数帧,价甚廉。售后则告人曰:'吴湖帆又吃进赝品矣。'反以为快。"陈定山请观吴湖帆所购之四王册页,确然真迹。遂与言菊朋往吴序伦家中鉴赏书画。吴氏颇为热情,出所藏一一指目对曰:

"某也赝，某也伪。"陈定山鉴赏之下，实皆真迹。因暗笑其为叶公，不好真龙也。收藏家如遇到此类藏家或卖主，最难理喻。卖主不识而买家识，故不可以此"捡漏"，乃关乎人品，此与在拍卖市场上之情况又不可同日而语。吴家所藏之明清书画，原是其夫人家中所藏。其夫人金美娟乃宣统皇帝的小姨子。因其亦是"言迷"，与吴序伦在北京相识相恋。金家竭力反对，并对吴进行恐吓，金氏遂携家中所藏部分古书画与吴私奔至上海同居。

收藏家陆丹林

在民国年间的收藏家中，陆丹林是以收藏同时代友人书画而闻名艺林。郁达夫先生题陆氏《红树室书画集》一诗中有赞曰："不将风雅薄时贤，红树室中别有天。"回顾书画鉴藏史，不乏以收藏同时代书画家作品为主的藏家。如果要给陆丹林的收藏作一个粗浅定位，他应该近似于清初周亮工。

陆丹林的书画收藏有一个颇为奇特的现象，即他对手卷这一形式情有独钟，几近"痴迷"。而且引首和拖尾之上名家题跋累累。如张大千、吴湖帆合作《红树室图》卷（1932年），引首为章士钊隶书题字，另外还有谭延闿等人题签。拖尾纸上有现代名家三十人题跋，计有陈三立、叶恭绰、谢无量、陈夔龙、郑沅、冯文凤、夏承焘、李宣倜、潘飞声、赵尊岳、梁鸿志、夏敬观、陈小翠、易大厂、龙榆生、黄濬、诸宗元、符铁年、刘成禺、杨千里、向迪琮、张尔田、冒广生、瞿兑之、沈尹默、钱瘦铁等，长达数米真令人叹为观止。陆氏对手卷的"把玩"或"玩赏"，其实是对日趋式微的传统士大夫审美情趣的向往。

邓以蛰谈古画鉴定

邓以蛰在《辛巳病余录》中有许多古书画鉴定之精辟论述，可惜无法在此详述。其在《无款元女授经图立轴》一文中记有此方面的"独门秘技"："大抵断定古画，尤须论气色。气色因时代而异。余尝拟唐宋之画气色于金，拟元人气色于银，拟明人气色于铁。何谓也？唐宋人绢画，笔法坚实，用意精到，墨色俱入绢缕，有入木三分之意，倘绢色或黄或紫而不黯，无霉垢，日愈久则精神愈出，有如金光之凝聚焉；元人纸洁墨精，黑白灿烂，浓淡映发，熠熠然如银光之流皓彩；明人之画，纸槁墨灰，枯燥无润，有如铁色，笔意秀颖有能如铁之秀，但多乏生动之致复如铁块焉。此虽比拟之辞，实亦未尝不然也。余又验得墨之劣无过于成化以降，至明末清初乃复精焉；'四王'、吴、恽之画优于明人者，虽取境立意有根本之区别，而其得佳墨之助实非浅鲜。"上述绝非一般书画鉴定之"望气说"，他主要从纸绢和墨色上来对书画作鉴定，即书画鉴定中之"目鉴法"，故有一定的可操作性。

后　记

近五六年来，我先后写了几十篇近世艺林掌故的文章，其中大多数在报刊杂志上发表过。现在将其中的部分文章结集为这本十万字左右的小书。这些文章都是我平时研学、阅读民国书画史和鉴藏史的副产品，拟通过一些个案研究，从而达到知世论人的目的。但这一目的能否真正达到，我有时也表示怀疑。近百年的中国历史（不唯是艺术史），有许多是被人为地遮蔽或篡改的。我们以往都被自己的观念和心态禁锢，所以不敢稍违众说，大多人云亦云。研究者要尽最大可能地去还原历史的事实真相，哪怕仅仅是部分的真相。有些真相可能永远都不会有真正的答案,或是有多个截然不同的答案。那就需要研究者从常识入手,以理性的分析和判断为原则,去做出个人的推论或选项。我始终坚持一个底线:可以推论,可以选项,但绝不可以脱离常识地戏说。我想体悟一种知世论人和"了解之同情"的史观,也想给从事此方面研究的人士,提供一些参考或借鉴。

文献不足谁能专?本书写作中所采用的有关资料,从严格的意义上说,它们大多是"二手资料"。比如已出版和发表的传记、论文、日记、信札、年谱、题跋、书画等,以及有关人士的亲友回忆或口述,亦似在"一手"与"二手"之间。这其中某些资料的真实性颇难甄别。而有些资料虽真实可信,但因涉及个人隐私或私人恩怨,故不敢随意采用。这是研究中国现当代史的最大难度之所在。我对此唯有再三斟酌,谨慎取舍,可谓如履薄冰。但我深信,只要有人真心追寻,往事就不会如烟。

另外,再简单谈谈本书中的部分文字问题。本书中有的文章虽然涉及不同的内容,在写作时间上也有先后,有几幅画作,如《睡猿图》、《青卞隐居图》、

《凤池精舍图》为多篇文章所提及。当这些文章在单独发表时毫无问题，而结集于一本书中时，的确稍显重复。我原本想删除有关文章中同一幅作品的相同文字，但又考虑到文章中上下语境的关系，颇难删改。这一点敬请读者能够理解。

蓦然回首，旧时月色，朦胧凄清，我曾经无数次穿越到这月色之中。前贤风流，令人神往。我起初仰视他们，然后走近他们，最终研究他们，我想让那些模糊的身影和面容变得清晰起来，也想让更多的人能够真正了解他们。在这个其实并没有多少文化可言的时代，是他们让我的内心深处油然而生一种挥之不去的文化乡愁。

2013 年 7 月 18 日
于上海浦江西岸